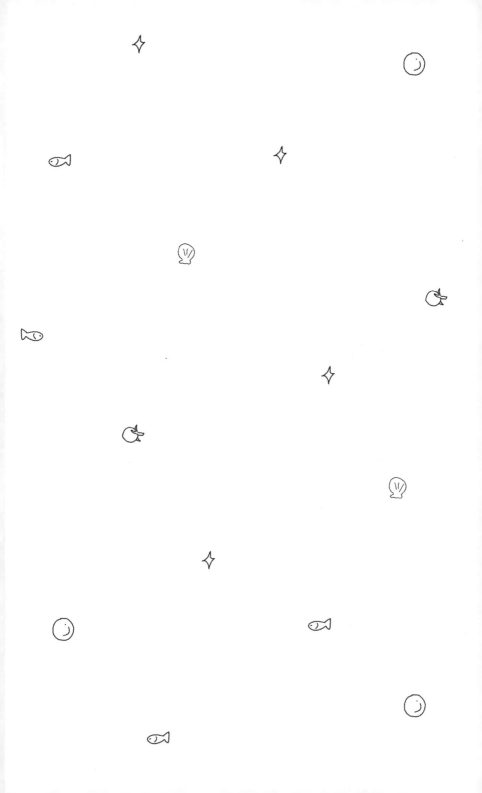

꿈꾸는돌
38

플랜B의 은유
윤슬빛 소설집

2024년 4월 8일 초판 1쇄 발행
2024년 11월 11일 초판 3쇄 발행

펴낸이 한철희 | 펴낸곳 돌베개 | 등록 1979년 8월 25일 제406-2003-000018호
주소 (10881) 경기도 파주시 회동길 77-20 (문발동)
전화 (031) 955-5020 | 팩스 (031) 955-5050
홈페이지 www.dolbegae.co.kr | 전자우편 book@dolbegae.co.kr
블로그 blog.naver.com/imdol79 | 트위터 @Dolbegae79 | 페이스북 /dolbegae

편집 이하나
표지 디자인 김민해 | 본문 디자인 김민해·이은정·이연경
마케팅 심찬식·고운성·김영수·한광재 | 제작·관리 윤국중·이수민·한누리
인쇄·제본 영신사

ISBN 979-11-92836-60-7 (44810)
ISBN 978-89-7199-432-0 (세트)

플랜B의 은유

윤슬빛 소설집

돌베개

차례

플랜B의 은유

미끼 꿰는 법을 처음 알려 준 사람은 플랜B 이모였다.

"항상 플랜B를 세우면서 살았는데 플랜A도 B도 C도 다 실패하는 게 인생이더라고."

플랜B 이모는 그렇게 말하며 푸스스 웃었다. 플랜B를 세우지 않게 된 이유를 까먹지 않도록, 계속 '플랜B'라고 불러 달라고 이모는 제법 유쾌하게 부탁했다.

"크릴새우는 꿰기 전에 꼬리지느러미를 떼 줘야 해. 이게 달려 있으면 안에서 빙글빙글 돌거든."

이모가 새우의 꼬리 부분을 가리키며 말을 이었다.

"잘 봐. 꼬리 부분에 바늘을 넣고 살살 밀다가 배 부분에서 멈춰야 돼. 깊은 데면 등으로 꿰어야 좋은데, 가까이에서 던질 거니까 뭐."

플랜B 이모는 특유의 무심한 투로 짧게 설명하며 낚싯대를 건네줬다. 자잘한 꽃분홍색 새우가 낚싯대 끝에 대롱대롱 매달려 있었다. 낚시를 해 보고 싶긴 했지만 미끼를 손으로 만지고 싶진 않았다. 여느 어른들처럼 사내자식이 유난이라고 한마디 할 법도 한데 이모는 원하는 대로 하라는 듯 고갯짓만 했다. 엉거주춤 낚싯대를 받아들자 "나머지는 은유한테 배워." 하고는 가 버렸다.

"아, 갯지렁이가 진짠데! 귀찮으니까 나한테 알려 주라는 거봐."

물 빠진 청바지에 무늬 없는 흰 티만 덜렁 걸친 은유가 투덜거리며 성큼성큼 걸어왔다. 처음에 은유를 봤을 땐 '딸이라더니 어떻게 저렇게 하나도 안 닮았을까.' 했는데, 가만 보니 걸음걸이며 말투며 행동 하나하나가 이모랑 똑같았다.

"으으, 나도 퀴어 사진 전시회 따라가고 싶었는데. 하여간 엄마 맘대로야."

은유는 툴툴거리며 갯지렁이가 담긴 미끼통을 덥석 집었다. 딸의 불만을 아는지 모르는지 플랜B 이모는 벌써 저만치 달려가고 없었다. 방파제 너머를 바라보고 있는 우리 엄마를 향해 팔랑팔랑 뛰어가는 뒷모습이 가벼워 보였다. 엄마는 멀리서도 보일 만큼 활짝 웃더니 이모를 번쩍 안아들고 빙그르르 돌렸다. 어릴 때 나에게 자주 해 주던 동작이었다. 엄마에게 안겨 허공을 한 바퀴 돌면 입안 가득 숨이 확 밀려들며 금방이라도 날아오를 수 있을 것 같은 기분이 들었다. 셔터를 딸깍딸깍

누를 때마다 장면이 바뀌는 장난감 카메라를 들여다볼 때처럼 하늘이, 땅이, 내 몸과 아주 잠깐 가까워졌다 빠르게 멀어지는 감각에 마음까지 붕 뜨곤 했다. 빙글 돌아 엄마에게 다시 안길 때면 엄마와 한없이 가까워지는 듯했다. 애정이 담뿍 담긴 몸 짓은 누가 알려 주지 않아도 알아차릴 수 있는 거니까. 순간 몸 어딘가가 뜨끔, 아렸다. 누가 낚싯바늘을 깊숙이 밀어 넣은 것 같았다. 반사적으로 등을 수그리며 땅바닥을 내려다봤다.

"나는 그게, 최선이라고 생각했어. 나를 숨기고 사는 거. 드러내지 않는 거. 그냥, 없는 듯이 사는 거."

처음 말을 배운 사람처럼 떠듬떠듬 울먹이며 얘기하던 엄마의 목소리가 귓가에 울렸다.

"재호야, 엄마는 너무 오래 투명 인간으로 살았어. 더는 그러고 싶지 않아."

플랜B 이모를 소개하며 엄마가 했던 말이 쉽사리 잊히지 않았다. 그 말을 듣는 동안 무릎 위에 얹어 둔 손이 자꾸 떨려 주먹을 몇 번씩 쥐었다 풀어야 했다. 엄마가 아주 오랫동안 투명 인간처럼 살았다면, 나는 누굴 보고 웃고 떠들고 사랑한다 말했던 것일까. 잠깐 그런 생각이 스쳤지만 내색하지 않았다. 그 대신 와락 얼굴을 구길 뿐이었다.

"결혼 안 하고 그냥 살면 되잖아. 친구랑 사는 것처럼."

버릇없는 맞대꾸에 엄마는 아무 말도 하지 않았다. 밤길 마중을 나왔다 길을 잃은 표정으로 그저 우두커니 앉아만 있었다. 깍지 낀 엄마의 손을 내내 잡고 있던 이모가 물었다.

"그럼, 일단 그냥 살아 보자. 여름 방학 동안만. 친구랑 사는 것처럼. 어때?"

숱이 많지 않은 단발머리를 연신 쓸어 올리며 플랜B 이모는 한 번도 숨어 본 적 없는 사람처럼 웃었다.

플랜B 이모가 사는 곳은 작은 바닷가 마을이었다. 바다와 하늘의 경계가 흐리고 철썩이는 파도 소리가 그치지 않는 곳. 책 작업과 강연으로 먹고살 수 있겠다는 확신이 섰을 때 이 집을 빌려서 내려왔다고 했다. 도시와 완전히 멀어지지 않고 은유도 학교에 다닐 수 있는 범위에서 집을 찾느라 어지간히 힘들었다며 이모는 우는소리를 했다.

'방학이야 금방 가니까.' 하고 떨떠름하게 받아들였는데, 막상 내려와 보니 이곳에서의 시간은 도시와 다르게 흘렀다. 솔직히 지금까지 방학이 길다는 생각은 해 본 적이 없었다. '학교, 학원'이 '학원, 학원'으로 바뀔 뿐이었으니까. 그런데 이곳은 하루가 참 길었다. 아침이면 깊숙이 들어오는 햇빛 때문에 저절로 눈이 뜨였고 밤이면 바닷바람이 웅웅 우는 소리에 밤새 뒤척여야 했다. 잘게 부서진 빛이 사방에 흩뿌려져 반짝이는 낮에는 플랜B 이모와 은유를 따라다녔다. 이곳에서 나는 흐르는 시간에 맞춰 사는 법을 새로 배우고 있었다.

바지런한 플랜B 이모는 먹이를 구하러 다니는 다람쥐처럼 날마다 날래게 움직였다. 은유도 마찬가지였다. 종종거리고 다니는 둘을 보노라면 가만히 앉아 있을 수가 없었다. 그렇다고 특별한 일을 하는 건 아니었다. 가볍게 청소를 하고 낚시하는 법을 배우고 멀리까지 산책 나갔다 돌아오기를 반복했다. 저녁때가 되면 플랜B 이모와 엄마는 그림책 작업을 같이 한다며 작업실에 틀어박혔다. 미술 학원 일을 잠깐 관둔 엄마는 살면서 이렇게 한가한 적이 없었다며 신기해했다. 그런 단순한 일상을 보내는 동안 엄마는 예전보다 더 자주 웃었다. 설거지를 하다가, 빨래를 개다가, 넋을 놓고 멍하니 창밖을 내다보던 엄마의 뒷모습이 떠올랐다. 덧그린 그림처럼 또렷해져 가는 엄마가 낯설었다. 덧그리기 위해 다른 색으로 덮어 버린 원래의 그림 속에 내가 있진 않을까, 무섭기도 했다.

플랜B 이모와 다정하게 손을 잡고 걸어가던 엄마의 뒷모습을 떠올리자 왠지 뱃속이 부글거렸다. 괜히 아무것도 없는 바닥을 운동화 앞코로 툭툭 치는데 휴대폰에서 진동 음이 계속 울렸다. 찬우였다.

—야, 뭐 하냐? 나 버리고 학원 빠지니까 좋냐?

—아, 나도 바다 가서 놀고 싶다. 언제 와? pc방 같이 갈 사람도 없 다고.

초등학생 때부터 내내 나랑 붙어 다닌 찬우는 혼자 다니는 일상이 낯선지 하루에도 몇 번씩 연락을 해 왔다. 자기 아빠가 공황 장애 약 먹는다는 걸 알게 된 뒤로 고민이 많아진 것 같은데, 유일한 친구인 나까지 옆에 없으니 불안한 듯했다. 시도 때도 없이 쓸데없는 말만 늘어놓으며 문자를 해 댔다. 그냥 진짜 걱정을 말하고 속 편하게 털어 버리라고 얘기해 주고 싶었지만 내 앞에 닥친 일만으로도 벅차 제대로 반응해 줄 수가 없었다. 내 비밀이 너무 무거워 찬우의 이야기를 들어 줄 수가 없다는 게 미안하면서도 도무지 어떻게 해야 할지 알 수 없었다. 우리 엄마 아빠가 별거를 시작했을 때도, 진짜로 이혼을 했을 때도 제일 먼저 찬우에게 말했는데……. 이번만큼은 도저히 입이 떨어지질 않았다. 내가 엄마 말을 들으며 지었던 표정을 찬우 얼굴에서 발견하게 될까 봐 겁이 났다.

"또 무슨 생각을 그렇게 하느라 바쁘냐? 딴생각하지 말고 얼른 잘 보라고."

갯지렁이 끼우는 법을 차근차근 알려 주던 은유는 내가 자꾸 딴생각에 빠지자 답답한지 가슴을 쿵쿵 쳤다. 그러곤 멍하니 서 있던 내 눈앞에 갯지렁이를 흔들었다.

"바늘 침을 입으로 넣어야 해. 이렇게 목을 꽉 잡아야 못 움직여. 갯지렁이 이빨에 물리면 병원 가야 될 수도 있으니까 조심하고. 입 쫙 벌리면 바늘을 살살 조금씩 밀어 넣는 거야."

지네처럼 생긴 벌건 게 별안간 왔다 갔다 하자 소름이 쫙 돋았다.

"징그럽게! 치워."

질겁해 소리를 지르자 은유가 입을 비죽였다.

"그러니까 처음부터 제대로 들으면 됐잖아. 딱 보니까 너는

14

낚시는 글렀어. 미끼에 손도 못 대면서. 때려치우고 굴이나 캐러 가자. 응?"

은유는 낚싯대를 팽개치고 졸라 댔다. 바닷물이 많이 빠지는 날이라 동네 할머니들은 진작부터 다 나가 있다는 거였다. 물때를 놓치면 안 된다고 동동거렸다.

"장화 챙겼으니까 고무 통이랑 조새만 챙기면 돼. 아, 너 조새 뭔지 모르지? 굴 까는 칼 말이야."

비웃는 건지 친절하게 알려 주는 건지 모를 말투로 은유가 히죽댔다. 한마디 쏘아붙이고 싶다가도 악의 없이 웃는 그 얼굴을 보고 있으면 힘이 쭉 빠졌다.

처음 만났을 때부터 은유는 스스럼없이 말을 붙여 왔다. 오래전부터 알고 지낸 사이처럼 대했다. 내 입장에선 조금 난감할 정도였다. 솔직히 나는 이 모든 상황이 껄끄러웠다. '한 달만 있다 갈 거니까.' 하는 생각으로 슬렁슬렁 하루를 때울 때도 많았다. 그런데 은유는 그렇지 않았다. 우리가 진짜 가족이라도 된 것처럼 굴었다. 어떨 땐 누나처럼, 어떨 땐 동생처럼 서분거렸다. 보름 남짓 지나자 그 태도에 익숙해지긴 했지만 가끔은 속내가 무척 갑갑궁금했다.

"아는 것 많아 좋겠다. 그래 가자, 가."

나는 반쯤 포기하고 털레털레 은유 뒤를 따라 걸었다. 커다란 바위를 인위적으로 쌓아 올려 만든 산책로를 한참 걷다 보면 갯벌로 내려갈 수 있는 길이 나왔다. 물질하러 나가는 해녀

처럼 이것저것 잔뜩 챙겨 나온 은유는 콧노래를 부르며 경중
경중 뛰어다녔다. 태평한 그 뒷모습을 보며 타박타박 걷고 있
자니 비뚜름하게 엇나가려던 마음이 조금 나아지는 것도 같았
다. 나는 은유가 짊어진 고무 통을 슥 뺏어 들며 금방 생각난
듯 물었다.

"야, 넌 진짜 아무렇지도 않냐?"

"뭐가?"

동그래진 눈을 홉뜨며 은유가 되물었다.

"너희 엄마랑 우리 엄마랑, 그러니까, 그런다는 게?"

대수롭지 않게 물어보려 했는데 말을 뱉는 순간부터 목구멍
안이 깔깔했다. 비탈진 좁은 길을 조심조심 내려가며 은유가
고개를 갸웃거렸다.

"뭐 별로. 딱히. 알아서 하겠지. 어른들인데."

단단하게 마른 흙이 발밑에서 부스스 부서졌다. 잘못 헛디
뎠다간 그대로 굴러 버릴 것 같았다. 나는 다리에 힘을 잔뜩
주며 말을 이었다.

"어른들 일이긴 하지만 우리 일이기도 하잖아."

내 말에 은유는 곰곰 생각에 잠긴 듯했다. 늘상 조잘거리던
애가 조용해지니 조금 낯설었다.

"우리 일이라……. 새로 가족을 꾸리는 일이니까 우리 일이
맞긴 하네. 근데 난 상관없어. 너희 엄마가 나쁜 사람 같지도
않고, 네가 나쁜 애인 것 같지도 않고."

한참 만에 나온 대답은 맥이 빠질 만큼 시시했다.

"나쁘지만 않음 된다는 거야?"

황당해하며 묻자, 그럼 뭐가 더 필요하냐는 듯 은유가 다시 고개를 갸우뚱거렸다.

그사이 비탈길을 다 내려온 우리는 운동화를 벗어 두고 무릎까지 오는 고무장화를 신었다. 미끈거리는 개흙 때문에 한 걸음 내디딜 때마다 발이 푹푹 빠졌다. 질퍽거리는 질감이 낯설어 얼굴을 찡그리자 은유가 고새 낄낄거렸다.

"너 전화 계속 오는데 안 받아도 돼?"

아까부터 이어지는 진동이 내심 신경 쓰였는지 은유가 힐끗거리며 물었다. 방학 특강 때문에 힘들어 죽겠다는 건 다 엄살이었는지 찬우가 집요하게 전화를 걸었다. 오늘은 아무래도 받을 때까지 걸어 보기로 작정한 듯했다. 한숨이 절로 났다.

"먼저 캐고 있어."

나는 장화에 들러붙은 펄을 털어 내며 혼자 비스듬히 기울어진 길 중간으로 향했다. 가만히 있으면 자꾸 뒤로 주륵 미끄러져서 취한 사람처럼 휘청휘청 몸을 움직이며 전화를 받았다. 찬우는 기다렸다는 듯 속사포처럼 근황을 쏟아 냈다. 대충 맞장구를 쳐 주자 더 신이 나 떠들어 댔다. 다행히 그사이 자기 아빠랑 솔직하게 속내를 주고받아 한결 편해진 모양이었다.

"전화 아직 안 끝났어? 물 들어오기 전에 후딱 캐고 가야 돼!"

통화가 길어지자 은유가 손나발을 만들어 나를 불렀다.

"헙. 너 여자 친구 생겼냐? 치사하게! 배신자."

전화기 너머로 은유의 목소리를 들었는지 찬우가 대뜸 커플 지옥 타령을 했다. 여자 친구가 생긴 건 내가 아니라 우리 엄마라고 말해 주려다 헛웃음을 터뜨렸다. 이런저런 이야기를 나누다 긴장이 풀려서일까. 나도 모르게 거르지 않은 말이 툭 튀어나왔다.

"야, 넌 내가 남자 좋아한다고 하면 어떨 것 같냐?"

"헉. 설마 나냐?"

"너겠냐?"

바로 나온 말에 진심으로 어이가 없어 되묻자 찬우는 숨이 넘어가게 웃어 댔다. 그러고는 장난인지 진심인지 모를 투로 "네 맘이 중요하지 내 맘이 왜 중요한데." 하고 덧붙였다.

"그래서 누군데? 내가 아는 애야? 벌써 사귀냐? 빨리 소개시켜 줘."

신이 나 이것저것 묻는 찬우의 안달에 나는 "아, 시끄러. 끊어!" 하고는 전화를 끊어 버렸다. 소란스러운 찬우의 깨방정에 귀가 다 왱왱거렸다. 그래도 기분이 나쁘진 않았다. 시답잖은 얘기를 주고받았을 뿐인데 희한하게 머리를 어지럽히던 상념이 좀 날아갔다.

나는 조촘거리며 은유의 옆으로 가 쭈그려 앉았다. 바닷물이 저만치 빠져 드러난 돌들에 굴 껍데기가 다닥다닥 붙어 있었다. 우리는 나란히 쪼그리고 앉아 호미와 조새로 굴을 캤다. 단단한 껍데기를 두드려 깨거나 살짝 벌어진 데를 힘껏 벌리면 탱글탱글한 굴이 모습을 드러냈다. 싱싱한 자연산 굴은 속살이 뽀얗고 투명했다. 앉은 자리에서 굴을 몇 개나 까 후룩 먹던 은유가 문득 생각났다는 듯 말했다.

"아! 하긴. 솔직히 너랑 남매 되면 좀 싫을 것 같아."

"응? 왜, 왜?"

갑작스러운 은유의 한마디에 나도 모르게 더듬거리고 말했다.

'뭐야. 속으론 나 싫어하고 있었나?'

순간 땀이 삐질 날 것 같았다. 성가시다는 티, 싫어하는 티를 팍팍 내고 있던 건 내 쪽이었는데 막상 대놓고 미움을 받으려니 마음이 이상했다. 뜸을 들이던 은유는 까 놓은 굴을 호록 하나 더 먹더니 "잘생겼잖아." 하고는 히죽 웃었다.

"뭐라는 거야."

예상치 못한 대답에 귓가가 화르르 달아올랐다. 얼굴이 빨개지는 게 느껴졌다. 나는 고개를 푹 숙이고 열없이 바지락을 캤다. 사방에서 짭짤한 소금 냄새가 났다. 힐끔 은유를 쳐다봤다. 이상하게 가슴께가 간질거렸다. 분명 별 의미 없이 던진 말일 텐데 계속 의식하게 됐다. 난데없이 여자 친구 생겼느냐던 찬우의 말이 떠올랐다.

"있지, 너는, 음, 그쪽 아니야?"

머뭇거리다가 묻자 은유가 어이없다는 듯 풋 웃었다.

"똑바로 말해. 촌스럽게!"

"아니, 뭐…… 여하튼. 너는 남자 좋아해?"

곁눈질을 하며 묻자 은유가 무심히 대꾸했다.

"글쎄. 아직 누굴 좋아해 본 적이 없어서 모르겠네. 아! 이거 예쁘다. 너 가져. 이런 거 모으잖아."

한참 굴 캐기에 열중하던 은유가 반질반질한 조약돌 하나를 집어 들더니 나에게 건네줬다. 햇빛에 비춰 보면 투명하게 빛나는 희고 깨끗한 돌이었다. 나는 그것을 얼마간 말끄러미 바라보다가 천천히 받아 주머니에 넣었다. 작은 돌인데도 제법 묵직했다. 불현듯 방에 놔둔 커다란 유리병이 떠올랐다. 이곳에 온 뒤로 바닷가를 걷다 유독 반짝이는 조개껍데기가 있으면 주워 거기다 넣었다. 둥글고 모양이 예쁜 돌도 마찬가지였다. 방학이 끝나면 돌아갈 거니까. 돌아가면 여기 다시 올 일은 없을 테니까. 그런 마음으로 모은 것들이었다. 그런 마음을 혹시, 알고 있었을까?

"……이렇게 작은 동네에 살면 더 신경 쓰이지 않아?"

나는 얕게 고여 있는 바닷물을 찰방거리며 물었다. 가끔 마주치는 동네 사람들은 할 말이 많은 표정으로 힐끔거렸다. 갑자기 나타난 낯선 우리를 경계하는 것 같았다. 이렇게 좁은 동네에 엄마와 플랜 B 이모의 소문이 안 돌 리 없었다. 솔직히 누군가 별안간 달려들어 험한 욕지거리라도 할까 봐 겁날 때도 있었다. 뉴스에 나오는 혐오 범죄가 남의 일 같지 않았다.

문득, 이혼한 지 오래인데도 불쑥 찾아와 내내 자신을 속였느냐며 악을 쓰던 아빠의 얼굴이 떠올랐다. 속인 게 아니라 그땐 당신을 사랑했고 이젠 그 사람을 사랑하게 된 것뿐이라고 엄마가 몇 번이나 말했지만 아빠의 귀엔 아무것도 들리지 않는 듯했다. 차분하려 애쓰던 엄마도 결국 무너져 내렸다. 한바탕 일어난 소동에 신고를 받고 출동한 경찰은 물건만 파손된 걸 확인하곤 그냥 갔다. 사람에게 직접 폭력을 가하지 않았으니 해 줄 게 없다는 거였다. 맞고 나면 그제야 도와주겠다는 말처럼 들렸다.

일그러진 아빠의 얼굴을 지우려 고개를 젓고는 뜨문뜨문 떨어져 굴을 캐고 있는 사람들을 둘러봤다. 비슷한 자세로 웅크리고 앉은 사람들은 바다에 떠다니는 부표 같았다. 삶에도 암초나 여울을 미리 알려 주는 뭔가가 있다면 조금은 안심할 수 있을 텐데. 나는 어디로 향해야 안전할지 좀처럼 알 수가 없었다.

"뭐…… 동네 문제가 아니잖아. 막지 않으면 혐오는 어디에나 있으니까. 그래서 우리 엄마랑 너희 엄마가 나란히 차별금지법 제정 촉구 시위 나가고 그러는 거 아니야."

은유가 콧잔등을 찡그리며 웃었다. 플랜B 이모를 닮은 티없는 웃음이었다. 뜨끔. 또 명치 부근 어딘가가 욱신거렸다. 나는 왠지 울컥해 따지듯 물었다.

"너는 어떻게 그렇게 담담해?"

이해할 수 없었다. 엄마랑 플랜B 이모가 결혼하고 싶다는데, 나는 어째서 이렇게 고통스럽고 은유는 어째서 아무렇지 않은 걸까. 꼬리지느러미를 떼지 않은 채 미끼에 꿰인 크릴새우처럼 나만 하염없이 제자리를 빙글빙글 돌고 있는 것 같았다. 그런데 은유가 눈을 동그랗게 뜨고 되물었다.

"내가? 아닐걸?"

은유는 가져온 짐들을 주섬주섬 챙기며 말을 이었다.

"대놓고 차별받고 혐오받는데 어떻게 담담하냐? 그냥 애쓰는 거지."

그 말에 나는 멈칫했다. 하도 태연하게 굴어서 진짜로 괜찮은 줄 알았는데. 이제 보니 은유도 무작정 휘둘리지 않는 방법을 찬찬히 배워 가고 있는 중인 듯했다.

"상담도 받고 커뮤니티도 나가고. 아, 엄마랑 내 이름도 커뮤에서 지었어. 너도 한번 나가 봐. 은근 도움 많이 돼."

덤덤하게 말하는 은유를 빤히 쳐다보다가 나는 더듬더듬 물었다.

"왜, 왜 우리가 애써야 되는데? 그냥, 그냥……."

그러나 나는 뒷말을 더 잇지 못했다. 더는 투명 인간으로 살고 싶지 않다던 엄마가 떠올랐다. 이미 너무 많이 애써 왔던 엄마에게 차마 더 애쓰라는 말을 할 순 없었다. 할 말을 찾지 못해 괜히 손톱 끝으로 눈썹만 깜작거리는 나를 은유는 말끄러미 바라봤다.

"있지, 나는 우리 엄마를 사랑해."

"……."

"그리고 이왕이면 엄마랑 재밌게 살고 싶어. 그게 다야."

은유는 산뜻하게 말했다. 그렇게 말할 수 있게 되기까지 어떤 시간을 지나왔을지 헤아릴 수 없어 아뜩했다.

"가자. 물 들어오기 전에."

나는 고분고분 은유의 말을 따랐다. 우리는 해초 때문에 초록색으로 보이는 돌들을 조심스럽게 밟으며 갯벌을 빠져나왔다. 흙투성이가 된 장화를 벗고 운동화로 갈아 신었다. 아까보다 불어난 짐을 똑같이 나눠 들고 비탈길을 올랐다. 다행히 내려오는 것보단 올라가는 게 쉬웠다. 아래를 내려다보니 다른 사람들도 다 돌아갈 채비를 하고 있었다. 밀물과 썰물의 법칙처럼 사는 것도 그렇게 단순하면 좋겠다는 생각이 들었다. 괜스레 막막해지는 기분에 수평선 쪽을 바라봤다. 멀리서 물고기가 뛰었다. 같이 걷던 은유도 그걸 봤는지 퍼뜩 생각났다는 듯 낚시 얘길 꺼냈다.

"아, 맞다. 너 아까 그 미끼들 그대로 두고 왔지? 챙겨서 넣어 놔야겠다. 갯지렁이를 꿸 줄 알아야 원투 낚시를 하는데. 자고로 생선은 직접 낚아서 먹어야 돼. 사 먹으면 그 맛이 안 나."

아쉽다는 듯 쭝얼거리는 은유의 말투에 한없이 가라앉으려던 기분이 순식간에 말짱해졌다. 어이가 없어 픽 웃음이 나왔다.

"오, 웃었다!"

은유가 양손 엄지와 검지를 맞대어 카메라 모양을 만들었다. 찰칵. 사진 찍는 시늉을 하며 생그레 웃는 그 모습을 나는 멀거니 바라봤다.

"웃는 얼굴 너희 엄마랑 진짜 똑같다. 아, 너도 이참에 이름 하나 지어 봐. 특별하게."

"뭐 하러?"

"재밌잖아. 누가 나를 뭐라고 부르든, 어쨌든 결국 나를 부르는 거라는 게."

은유는 킥킥거리며 콧노래를 흥얼거렸다. 몇 번 들었다고 그새 익숙해진 곡조였다. 나도 모르게 속으로 그 노래를 따라 흥얼흥얼하다가 머쓱해져 목덜미를 쓸어내렸다. 은유는 자박자박 걷다가 잠깐 걸음을 멈추고 길가에 피어 있는 풀꽃을 손으로 쓸었다. 바다를 닮은 푸른 달개비 꽃이 가볍게 흔들렸다.

"네 이름은 무슨 뜻인데?"

불쑥 묻자 은유가 돌아봤다. 곰곰 생각하는가 싶더니 코끝을 긁적였다.

"음, 비유지. 직유, 은유 할 때 그 은유. 서로 다른 A랑 B 사이에서 어떻게든 공통점을 발견해 내려는 마음, 되게 간절하지 않아?"

아리송한 그 말에 이번엔 내가 뒷머리를 훔척거렸다.

"아, 은유의 그런 면도 좋아. 이거는 이거다,라고 말하는 게 꼭 선언하는 것 같잖아. 너는 나다. 나는 너다! 쫌 멋지지 않아?"

은유가 손가락으로 나를 가리키다가 다시 자기를 가리켰다. 그러곤 뭐가 그렇게 웃긴지 까르락거렸다. 고개를 절레절레 젓자 은유는 어깨를 한번 으쓱하곤 다시 걷기 시작했다.

플랜B 이모와 은유는 둘 다 휘적휘적 거침없이 걷는 편이었는데, 누군가랑 같이 걸으면 꼭 발걸음을 맞췄다. 엄마를 닮아 걸음이 느린 나는 전부터 그게 참 신경 쓰였다. 그냥 먼저 가. 그냥 계속 가. 그냥……. 자잘한 돌멩이들처럼 아무렇게나 굴러다니다 제멋대로 흩어지고 마는 말들을 주워 삼키며 나는 다시 바다 쪽을 봤다. 저녁때가 가까워지자 바다와 하늘의 경계가 더욱 흐려졌다. 물감을 풀어 놓은 듯 사방이 온통 노을빛으로 물들었다. 간간이 갑작바람이 불었다.

"있지, 봄이 되면 저기 유채꽃밭이 전부 샛노랗게 물들거든. 빛에 잠긴 것처럼. 괜찮으면 그때도 한번 와. 사진 찍어 줄게."

은유가 저 멀리 널찍하게 펼쳐져 있는 빈 밭을 가리키며 말했다.

"아무것도 안 심어져 있는데 유채꽃밭인지 어떻게 알아?"

"매년 봄에만 잠깐 심거든. 여기 사람은 다 알아. 그래서 미리 약속을 잡지. 아주 근사한 봄 바다를 보여 주겠다고 꼬드기면서 말이야."

은유는 장난스럽게 씩 웃었다. 봄. 내년 봄. 두 계절은 꼬박 지나야 맞이할 수 있는 환한 계절이었다. 나는 어떤 약속도 선뜻 하지 못하고 어물거렸다.

방학이 끝나면 나는 약속했던 대로 집으로 돌아갈 것이다. 방학 동안 뭐 했느냐고 누가 물으면 어름어름 넘기고 말 게 뻔했다. 어쩌면 찬우에게도 끝끝내 말하지 못하겠지. 유리병에 담긴 조개껍데기와 조약돌을 보면 어김없이 이 아름다운 바다가 떠오르겠지만, 내가 아는 누구와도 플랜B 이모와 은유에 관한 이야기를 나눌 수 없으리란 예감이 들었다. 저절로 입을 다물게 되는 것. 그 심정이 무엇인지 이제 나도 안다. 내가 알고 있는 걸 은유라고 모를 리 없었다. 그럼에도 불구하고 나를 초대하는 마음에 대해 잠깐 생각했다. 잘게 부서져 사방으로 쏟아지는 빛을 오래 들여다볼 때처럼 눈이 조금 따끔거렸다.

"너는, 우리가 가족이 될 수 있을 것 같아?"

어떤 꽃도 피워 본 적 없는 것처럼 휑하기만 한 유채꽃밭을 바라보며 물었다. 엄마와 플랜B 이모가 단정한 글씨로 이름을 적어 넣은 혼인신고서는 반려될 게 분명했다. 하다못해 차별금지법조차 언제 통과될지 알 수 없다. 아마 우리는 어떻게 해도 '쉽게 설명할 수 있는' 가족은 되기 어려울 것이다. 어떤 서류로도 증명할 수가 없으니까. 증명하지 않아도 되는 것과 증명할 수 없는 것은 다르니까.

"모르지. 아직은 나도 너를 모르고 너도 나를 모르니까. 근

데 뭐 차차 시간이 흐르면, 조금씩 알아 갈 순 있겠지. 알아 가
다 보면 어느새 가족이 되어 있을 수도 있고. 아닐 수도 있고.”

은유가 어깨를 으쓱하며 말했다. 대수롭지 않다는 듯한 말
투가 은유 나름의 노력이라는 걸 이젠 나도 알아챌 수 있었다.
짊어진 게 무거워도 당장 내려놓을 수 없다면 더 씩씩하게 걸
어 볼 것. 함께 걷는 사람이 있다면 보폭을 맞춰 같이 걸을 것.
은유가 플랜B 이모에게 배운 건 그런 것들인지 모른다.

“안 들었으면 편했을까? 차라리 아예 몰랐으면.”

혼잣말처럼 중얼거린 내 말에 은유는 두 번 생각도 하지 않
고 대꾸했다.

“너는 편했겠지.”

그 말에 마음이 쿵 내려앉는 기분이 들었다. 나는 할 말을
찾지 못하고 눈을 내리깔다가 결국 “나라고 뭐, 마냥 편했겠
냐?”하고 한마디만 겨우 툭 뱉었다.

‘숨겨도 보이는 게 있는데.’

그 말은 그냥 삼켰다. 나는 어쩔 수 없이 침묵해야 했던 모
든 순간들 때문에 매 순간 지워졌을 엄마에 대해 생각했다. 더
는 그러고 싶지 않다고 얘기하던 엄마의 모습이 아른거렸다.
엄마는 숨 쉬는 법도 잊은 사람처럼 떨고 있었지만 나를 똑바
로 바라봤다. 그날 엄마가 얼마만큼 큰 용기를 내야 했을지 나
는 짐작할 수 없었다. 다만, 용기가 필요한 일이었으리라는 것
만 어렴풋이 알 수 있었다.

우리는 어느새 아까 낚싯대를 놓아 뒀던 데에 도착했다. 어지럽게 널브러진 미끼통과 낚싯대를 묵묵히 챙겼다. 보기보다 묵직한 낚시 가방을 말없이 둘러메다가 무뜩 깨달았다. 엄마는 덧그려진 그림 따위가 아니다. 투명 인간 같은 것도 아니었다. 누구도 엄마를 멋대로 지울 수 없었다. 그리고 그건, 나 역시도 마찬가지였다. 어쩐지 뭔가가 왈칵 치미는 기분이 들었다.

"야, 나도, 나도 우리 엄마 사랑하거든?"

막을 새도 없이 볼멘소리가 튀어나왔다. 나는 주뼛거리며 은유의 눈치를 살폈다. 뜬금없이 무슨 헛소리냐고 놀릴 법도 한데 은유는 피식 웃었다.

"그냥 그렇다고……."

무안함을 감추려 말끝을 흐리자 은유는 풀린 낚싯줄을 당겨 감으며 대답했다.

"알아. 그러니까 여기까지 따라왔겠지. 급할 거 있냐. 천천히 생각해. 시간 많잖아."

나는 망설이다가 가만히 고개를 끄덕였다. 시간은 생각보다 빠르게 흐르지만 또 생각보다 느리게 흐르기도 하니까. 해가 저물자 마을 길목마다 가로등이 하나둘씩 켜졌다. 우리는 시시한 얘기들을 나누며 덜레덜레 집으로 걸어갔다.

"갯지렁이 꿰는 법 내일 다시 배워도 되지?"

"당연하지. 내일은 딴생각하지 말고 딱 집중해."

올라가기 전에 짜릿한 손맛 한번 느껴 봐야 하지 않겠느냐고 되룽되룽하는 은유의 모습에 나는 결국 못 말린다는 듯 푸시시 웃고 말았다.

방학이 끝나면 엄마는 주말마다 플랜B 이모와 은유를 만나러 먼 길을 오갈 것이다. 가끔은 그 길을 함께 와 줄 수 있을까? 언젠가 정말로 우리가…… '쉽게 설명할 순 없지만 어쨌든 가족', 정도는 될 수 있을까?

지금은 무엇도 자신이 없었다. 하지만 그런 건 나중에 생각해 보기로 했다. 플랜B 이모의 말처럼 플랜 A도 B도 C도 다 실패하는 게 인생이라면, 거창한 계획 따위 조금 미뤄 봐도 좋지 않을까 싶었다. 아직은 충분히 흔들려도 될 만한 시간이 있으니까. 그리고, 더없이 환하게 웃던 플랜B 이모를 보며 알게 된 사실이 하나 있다. 그 모든 계획들이 실패하더라도 일상은 또 다른 반짝이는 순간들로 채워진다는 것. 은유는 이미 오래전에 그걸 배운 것 같았다.

언제 돌아왔는지 엄마랑 플랜B 이모가 저만치 마중 나와 손을 흔드는 모습이 보였다. 우리도 번쩍 손을 들고 마구 흔들었다. 드리워진 어둠 속에서도 잘 보이도록. 까마득한 앞날은 밤바다처럼 캄캄하고 막막해서 무엇도 확신할 수 없었다. 다만 우리가 할 수 있는 건, 서로가 너무 오래 헤매지 않도록 단단하게 손을 붙들어 잡아 보는 것 정도겠지. 내일이 어떻게 흘러갈지는 아무도 알 수 없다. 나는 그 알 수 없는 것들에 대해 너무 오래 생각하지 않기로 했다.

그저 오늘은 넷이 둘러앉아 굴국과 조개찜에 늦은 저녁을 먹을 것이다. 오늘 우리는 짭조름한 바다 맛을 한껏 느낄 것이다.

내일의 우리

어제 본 그 물고기는 어떻게 되었을까. 푸른 빛깔의 꼬리를 느리게 흔들던 그 베타는.

"우선은 데려가 볼게요. 아직 살아 있으니까. 여기 나온 대로 차근차근 뭐든 다 해 볼게요, 언니."

다부지게 말하던 어린 여자애의 얼굴이 떠올랐다. 병든 열대어를 막무가내로 떠넘기고 가던 사람의 얼굴은 기억나지 않는데, 어떻게든 살려 보겠다고 다짐하던 아이의 얼굴은 또렷이 기억났다. 살았을까. ……죽었을까? 나는 움직임 없이 고요하던 물고기를 멍하니 생각하다 퍼뜩 정신을 차리고 행주를 마저 빨았다. 새나와 선호가 한참 전부터 나를 기다리고 있었다.

마감 시간이 가까워지자 새나는 외우고 있던 영단어장을 덮었다. 남은 생딸기 주스를 호록 들이켜곤 주섬주섬 가방을 챙겼다. 선호도 일어나 다른 빈 테이블을 돌아다니며 의자를 밀

어 넣어 주었다. 그사이 나는 짐을 챙기고 남은 뒷정리를 마저
했다. 곧 사장님이 와 문단속을 할 테니 그 전에 깔끔하게 일
을 마쳐 두어야 했다.

"알바님, 저 여기서부터 여기까지 다 주세요."

앞치마를 재료 준비실에 벗어 두고 카운터로 나오자 새나가
빈 진열장을 가리키며 장난스럽게 말했다.

"이거나 받아."

나는 새나의 장난을 받아 주는 대신 남은 도넛들이 담긴 봉
지를 건네주었다.

"오, 캐러멜 땅콩버터 도넛. 여진솔 너 이거 좋아하잖아. 안
먹을 거야?"

새나가 봉지를 들여다보며 물었다. 나는 질색하며 고개를
저었다. 처음에 사장님이 남은 도넛들을 가져가도 된다고 했
을 땐 도넛을 실컷 먹을 수 있겠다는 생각에 신났는데, 이젠
아니었다. 먼저 일을 시작한 슬기 언니가 경고한 대로 도넛 냄
새만 맡아도 으으, 소리가 절로 났다. 다디달고 기름진 그 냄새
에 질려 버린 탓이었다. 뜨문뜨문 가게에 놀러 오는 새나는 다
행히 아직 질리지 않은 모양이었다. 새나는 딸기 크림 도넛 하
나를 크게 베어 물고 다른 하나는 선호에게 건넸다. 선호는 터
진 제 입술을 가리키며 고개를 저었다.

"어휴, 조심 좀 하지. 장난 좀 적당히 쳐."

새나가 한쪽 눈썹을 찡그렸다.

"어쩌다 잘못 맞은 거야."

찢어진 입가를 슬며시 가리며 선호가 순하게 웅얼거렸다.
자기 말로는 친구들과 레슬링 연습을 하다 다쳤다는데 도통
믿기지 않았다. 꺾인 꽃도 주워 책 사이에 끼워 놓는 애가 웬
일인가 싶었다.

"미용고로 전학 가고 싶다더니. 체육고를 잘못 말한 거 아니
야?"

젖은 행주를 탈탈 털어 널며 묻자 선호가 흐리게 웃었다. 석
연치 않은 웃음이 마음에 걸려 무슨 일 있냐고 물어보려는데
딸랑 종소리가 울렸다. 마무리를 하러 들른 사장님이었다.

"진솔이 친구들 왔네? 새나랑 선호 맞지? 예쁘고 훤칠하네."

사장님은 활짝 웃으며 테이블과 의자의 각을 다시 맞췄다.
손가락 끝으로 진열장 위를 슥 문질러 보는 것도 잊지 않았다.

"고생했어. 근데 우리 진솔이는 화장 같은 거 안 해?"

금고 시재를 확인하던 사장님이 대뜸 물었다.

"친구한테 좀 가르쳐 달라고 해. 피부에, 입술에, 속눈썹까지
환상이네. 고등학생이 어쩜 이렇게 화장을 잘해?"

사장님은 새나를 보며 연신 감탄했다. 순수한 감탄인지 아
닌지 미묘하게 헷갈리는 말투였다.

"앗, 제가 한 게 아니라 얘가 해 줬어요."

새나가 얼른 선호를 가리켰다. 선호는 머쓱한 표정으로 꽁
지깃같이 묶은 머리를 괜히 만지작거렸다.

"남자 친구가 화장을 다 해 줬어? 완전 좋아하나 보다. 좋을 때다. 솜씨 좋네. 우리 진솔이도 한번 해 줘. 아, 여자 친구가 질투하려나?"

사장님은 순식간에 새나랑 선호를 커플로 묶어 버린 다음 뭐가 그렇게 재밌는지 한참 웃었다. 그러곤 퍼뜩 정색하더니 어른으로서 신중한 조언을 하겠다는 듯 목소리를 낮췄다.

"아무리 좋아도 너무 붙어 다니면 안 된다? 한창 공부할 땐데. 특히 여자애들은 조심해야 돼. 알지?"

은근한 압력이 담긴 말에 새나와 선호의 얼굴이 둘 다 일그러졌다. 나도 표정 관리가 잘 되지 않았다. 그러든 말든 사장님의 화살은 다시 나에게로 돌아왔다.

"아휴, 진솔이 얘도 가만 보면 예쁜 얼굴인데 신경을 안 쓰더라고. 손님들이 어린애 쓰냐고 자꾸 뭐라 하더라. 화장품 없어?"

금고 문을 세게 닫으며 사장님이 물었다. 묻는 말에 나지막한 한숨이 섞여 있어 괜히 움츠러들었다. 슬기 언니가 있었으면 유연하게 받아치며 막아 줬을 텐데 나는 말문이 막혀 떠듬거릴 수밖에 없었다.

"저 선크림은 바르고 다니는데……."

"에이, 그게 뭐 티나 나? 서비스직인데 예쁘게 하고 다니면 좋잖아. 요새 애들은 그런 데 돈 안 아끼던데. 립글로스 하나 사 줄까?"

사장님은 진심이라는 듯 내 눈을 지그시 보았다. 바란 적 없는 호의에 당황한 나는 "어…… 음…… 괜찮은데……." 하고 말끝을 흐렸다. 늘 다부지게, 똑똑하게 말하려던 노력은 일방적인 질문 세례에 다 사라져 버렸다.

"그래. 아무튼 고생했어. 아, 친구들 오는 거 가끔은 괜찮은데 자주는 안 되는 거 알지?"

사장님은 관심 없으면 됐다는 듯 본인 할 말만 하며 오늘치 알바비를 줬다. 봉투에는 딱 10만 원이 들어 있었다. 열두 시간 일했으니 최저 시급을 기준으로는 모자란 금액이었지만 나한텐 큰돈이었다. 다른 데선 이만큼 받아 본 적도 없었다. 나는 억지로 웃으며 인사하고 애들이랑 같이 밖으로 나갔다.

"어우, 진짜 싫어."

새나는 나오자마자 진저리를 쳤다. 친구 알바하는 데 사장님이라 차마 쏘아붙이지 못해서 억울한지 발을 세게 굴렀다. 어릴 때부터 사고 치지 말라는 소리를 지겹도록 들어 온 새나는 그런 비슷한 말만 나오면 치를 떨었다. 열일곱에 새나를 낳은 새나 엄마는 좁은 동네에서 십 몇 년 간 사골국처럼 우리고 또 우려지는 화젯거리였다. 조심해라. 다 네 손해다. 네 엄마를 봐라. 새나는 그런 말들을 들을 때마다 잘못 태어난 기분이 든다고 했다. 꼭, 넌 태어나지 말았어야 한다는 말처럼 들렸다.

"뭘 나보고 조심하래? 짜증나."

새나는 툴툴거리며 빠르게 걷기 시작했다. 선호랑 나는 곧

란한 눈빛을 주고받으며 그 뒤를 따랐다. 달래 줘야 할 것 같은데 어떻게 달래 줘야 할지 알 수가 없었다. 어떤 신호도 없이 훅 선을 넘어 후려치는 어른들의 말에 대응하기란 쉽지 않았다. 그래도 뭔가 대꾸라도 하는 편이 나았다. 입을 틀어막히면 온갖 단어들이, 문장들이 조각난 채로 온몸을 타고 돌았다. 뜨겁고 차갑고 뾰족하게 날 선 말들이 몸속을 온통 휘젓고 할퀴고 다녔다. 그걸 알기 때문에 우리는 선뜻 어떤 말을 더 건네지 못하고 가만히 새나의 뒤를 따라 걷기만 했다.

"에휴, 됐어. 성질 내 봤자 뭐 하겠냐. 아, 몰라! 날씨는 끝내주게 좋다."

새나는 엉망이 된 기분을 털어 내려는 듯 기지개를 펴며 걸음을 늦췄다. 우리는 아까의 일을 떨쳐 버리려 일부러 느긋하게 걸었다. 잠시 산책 나온 사람들처럼. 하늘을 올려다보자 노을빛이 부드럽게 번져 뭉개지고 있었다. 맑게 저무는 봄밤이었다. 이런 날엔 그림을 다시 그려 보고 싶다는 충동이 들었다. 수채화 물감을 듬뿍 짜 농도를 맞추고 여러 번 붓질을 하면 지금의 풍경을 비슷하게 흉내 낼 수 있을 것 같았다. 석고 가루를 물에 개어 목공 본드를 섞고 나이프로 떠서 캔버스에 올리면 구름의 질감을 만들어 낼 수 있겠지. 필요한 재료들과 물감의 종류를 습관적으로 셈하던 나는 얼른 고개를 저었다. 또다시 입시 미술에 들어갈 돈을 계산해 보다 밤을 새우고 싶진 않았다. 한 시간 넘게 시외버스를 타고 가야 하는 유명한 미술

학원에서 상담을 받고 온 뒤로 미대에 대한 욕심은 깨끗이 접었다. 왔다 갔다 차비와 학원비, 재료비, 대학 입학금, 등록금. 계산하다 보면 머리가 터질 것 같았다. 축산 기사로 평생을 산 할아버지는 모아 둔 돈과 연금을 이야기하며 걱정할 거 하나도 없다고 했지만 나는 걱정이 되는 게 아니라 숨이 막혔다. 그게 다 빚 같았다. 더 이상 무거워지고 싶지 않았다.

"아, 엄마가 너 자격증 따는 거 도와준대. 연습하고 싶음 언제든 오래."

천천히 걷던 새나가 선호를 보며 말했다. 동네에서 미용실을 하는 새나 엄마가 선호 이야기를 듣고 마음이 쓰인 모양이었다.

"진짜?"

환하게 웃으며 되묻던 선호가 "아야." 하고 입가를 눌렀다. 아무래도 다 아무려면 시간이 걸릴 듯했다.

"와. 벚꽃 예쁘게도 피었다. 우리 할아버지 보면 좋아하겠네."

혼자만의 생각에 잠겨 있던 나는 문득 위를 올려다봤다. 정류장 옆 커다란 벚나무에 분홍 꽃이 흐드러지게 피어 있었다. 꽃바람이 불 때마다 꽃잎이 하르르 흔들렸다. 봄에는 자고로 꽃놀이를 다녀 줘야 한다며 드라이브 준비를 하던 할아버지 생각이 났다. 피식 가볍게 웃자 떨어진 꽃잎들을 슬슬 피해 걷던 새나가 힐끔 돌아봤다.

"너희 할아버진 여전하셔?"

길거리에서 몇 번 할아버지를 본 적 있는 선호가 나긋나긋 안부를 물었다.

"그렇지, 뭐. 요새 공공 일자리 다닌다고 바빠. 거기에 예쁜 할머니 있다고 신났어, 아주. 내년엔 면허증 반납할 거라 지금 부지런히 돌아다녀야 한대. 인생엔 낭만이 있어야 한다나."

짐짓 경쾌한 척 대답했는데 갑자기 목소리가 잠겼다. 나는 괜히 딴청을 피우며 허리를 숙였다. 땅바닥에 떨어진 손톱처럼 작은 꽃잎들 중 멀쩡한 것만 모아 손바닥에 올려 두고 후 불었다. 가볍게 흩어졌다 나풀나풀 떨어지는 꽃잎을 보자 기분이 묘했다. 예쁘지만 금세 사라지고 마는 연약한 것들을 보고 있자 이상하게 속이 울렁거렸다. 할아버지와 나눴던 대화가 얼핏 떠올랐다.

"할아버지, 오래 살아야 돼. 요새 백 살은 거뜬한 거 알지?"

등산 갈 준비를 하는 할아버지를 보다가, 혹은 마주 보고 앉아 밥을 먹다가, 나도 모르게 툭 말을 뱉으면 할아버지는 크게 웃었다.

"아, 갈 때 되면 가야지. 백 살 먹은 노인네 어디다 쓰려고?"

"아, 그런 말 하지 말고. 꼭 오래 살아. 알았지?"

할아버지가 아직 정정한데도 불안은 멋대로 제 몸집을 키웠다. 혼자가 될까 봐 자꾸 무서웠다. 좁은 플라스틱 통 안에 담겨 있던 작은 물고기가 눈앞에 아른거렸다. 왜일까. 나는 그 물고기가 꼭 나처럼 느껴졌다.

"있지, 나 어제 애들한테 뭐 얻어먹었다?"

"엥? 갑자기? 아는 애들?"

뜬금없는 말에 새나가 되물었다. 나는 고개를 젓곤 어제 이야기를 짧게 들려주었다. 어떤 사람이 병든 물고기를 버리듯 맡겼던 것, 물고기를 나눔 받으러 왔던 초등학생 셋이 그 물고기를 살려 보겠다고 애태우던 것.

"살리고 싶어 하던데. 살 수 있을까?"

혼잣말처럼 중얼거리자 새나는 "글쎄." 하며 말끝을 흐렸다.

"용궁 가기 직전처럼 보인다는 말은 하지 말걸."

괜히 후회가 되어 중얼거리자 선호가 기겁했다.

"그렇게 말하면 어떡해. 살 수도 있잖아."

말끝을 늘이는 선호 특유의 말투에 나는 설핏 웃었다.

"그러게. 근데 내가 길렀던 물고기들은 다 죽었거든. 그래서 그 말이 안 나왔어. 괜찮을 거란 말."

내가 바닥을 내려다보며 말하자 잠깐 침묵이 흘렀다. 아직 풀벌레 소리가 들리지 않는 봄밤이라서일까. 간간이 차들이 다니는데도 거리가 조용하게 느껴졌다. 문득 어릴 때 생각이 났다.

해마다 한여름이면 이 동네에는 꽤 큰 불꽃 축제가 열렸다. 그곳에 가면 꼭 금붕어 잡기 체험장이 있었다. 나는 매번 할아버지를 졸라 천 원짜리 몇 장을 내고 파란 수조 앞에 쭈그리고 앉아 손바닥만 한 뜰채로 금붕어를 건졌다. 넓지 않은 수조 안에서 금붕어들은 이리저리 몰려다녔다. 작고 재빠른 녀석들이 쉽사리 잡히지 않고 쏙쏙 빠져나가면 약이 바짝 올랐다. 아이들의 높은 웃음소리, 물고기를 낚아챘을 때 들리던 가벼운 탄성이 같이 떠올랐다.

지금에 와서 생각해 보면 상당히 기이한 광경이었다. 어떻게든 살아 보겠다고 버둥거리는 금붕어를 보며 왁자지껄 웃고 떠든다는 게. 하지만 그때는 그저 즐거웠다. 비늘이 떨어져 나간 금붕어들이 불쌍하다는 생각도 들지 않았고 생명 경시라는 느낌도 없었다. 그저 여기저기서 흘러나오는 떠들썩한 음악 소리에 마냥 들떠 있었다. 기어이 몇 마리를 낚아 "할아버지, 내가 잡았어!" 하고 외쳤을 때의 그 뿌듯함과 자랑스러움이 내 안에 뚜렷이 남아 있었다.

"축제 때 잡은 물고기들이라 진짜 금방 죽었거든. 처음부터 데려오지 않았으면 좋았을 텐데."

배를 뒤집고 둥둥 떠오르던 물고기들을 떠올리니 착잡했다. 할아버지는 죽은 물고기들을 변기에 버려야 한다고 했다. 그리고 물을 내리면 원래 있던 곳으로 돌아갈 거라고. 나는 말도 안 되는 소리 하지 말라며 묻어 줘야 한다고 우겼다.

"검은 봉지에 싸서 밭에다 묻었어. 딴 짐승들이 파헤칠까 봐 꽤 한참을 팠거든. 돌아올 땐 팔이 너무 아파서 그냥 할아버지 말을 믿어 버릴걸, 했어."

"그래도 물어 주는 게 낫지. 잘했어."

가만 듣고 있던 선호가 커다란 손으로 내 머리를 마구 흐트러뜨렸다. 옆에 있던 새나도 불쑥 다가왔다. 새나는 내 손을 붙들고 기도하듯 손을 모으더니 큰 소리로 외쳤다.

"괜찮을 거다! 물고기, 힘내라!"

"그게 뭐야."

엉뚱한 새나의 외침에 픽 웃음이 새어나왔다.

"왜애. 말에는 힘이 있다잖아. 괜찮길 바라는 간절한 마음을 담아서 말하면 어디라도 닿겠지?"

거창한 새나의 말을 듣자 이상하게도 어쩐지 마음이 가벼워졌다. 차돌처럼 단단해 보이던 아이들의 얼굴이 잠깐 떠올랐다. 물고기도 그 애들도 괜찮았으면 좋겠다는 생각이 들었다. 그때 버스가 왔다. 배차 간격이 넓어 한번 놓치면 한동안 기다려야 하는 터라 후다닥 올라탔다.

"아, 나 오토바이 면허증 따려고. 중간고사 끝나면 할아버지가 학원 등록해도 된대."

나는 교통 카드를 찍고 올라서며 말했다.

"나도 따고 싶은데."

새나가 뒤따라 카드를 찍으며 한숨을 내쉬었다. 위험해서 안 된다고 이미 엄마에게 퇴짜를 맞은 탓이었다.

"오토바이 시험 볼 때 땅에 발 닿으면 바로 실격이야. 조심해."

이미 면허를 따 본 선호가 진지하게 당부했다. 우리는 익숙하게 뒷자리로 향하며 사람이 없는 버스에서 목소리를 낮춰 소곤거렸다.

"스무 살 되면 운전면허부터 딸 거야. 차 있으면 어디든 갈 수 있잖아."

징징대던 새나가 꺼드럭거리며 말하자 선호가 벙긋거렸다.

"스무 살에 차를 어떻게 사?"

"당연히 바로 못 사지. 그래도 차만 구하면 언제든 탈 수 있잖아. 난 여기서 제일 먼 데 가 볼 거야. 버스로는 못 가는 데."

작은 도시에 사는 게 싫어 꼭 서울에 있는 대학에 가겠다는 새나는 주먹을 불끈 쥐었다. 그 확고한 결심이 새삼 신기했다. 나는 새나처럼 미래를 선명히 그려 볼 수가 없었다. 혼자 남을 할아버지가 눈에 아른거리기도 했고 낯선 곳에 덩그러니 혼자 떨궈질 것도 두려웠다. 아주 멀리까지 가고 싶은 마음과 기꺼이 이곳에 붙들려 있고 싶은 마음이 매번 부딪혔다. 마음이란 게 실체가 있다면 나는 그 마음들을 꺼내 두고 가만 노려보다 큰 '빽붓'을 집어 들어 슥 칠해 버리고 싶었다. 얼룩덜룩한 흔적이 조금도 남지 않게. 그러면 모든 게 한결 또렷해질 것도 같았다.

"그럼 차라리 해외여행이 낫지 않냐?"

복잡한 심정을 덮어 두고 부러 짓궂게 묻자 새나가 히죽 웃었다.

"당연히 해외도 가야지. 난 무조건 돈 많이 벌 거야. 그래서 하고 싶은 건 다 하고 살 거야."

우리는 집에 도착할 때까지 시답잖은 수다를 끝없이 주고받았다. 허황된 얘기들을 늘어놓는 새나의 얼굴은 즐거워 보였다. 아무리 실감 나게 부풀려도 텔레비전이나 영화, 동영상이나 책에서 본 것들이 다였다. 우리의 반경은 좁았고 그만큼 상상력은 제한적이었다. 그래도 아무 말이나 뱉으며 같이 떠들고 있을 때만큼은 어떤 불안도 잊을 수 있었다. 아니, 그럴 거라 생각했다.

*

면허는 하루 만에 나왔다. 안전 교육을 받고 필기시험과 실기시험을 연달아 봤다. 응시표에 파란 잉크로 합격 도장이 찍혔다. 수수료를 내고 면허증을 발급받았다. 시험이 끝나면 홀가분할 줄 알았는데 오히려 어깨가 축 처졌다. 일단 면허증만 따면 배달 알바라도 할 수 있을 줄 알았는데 당장 오토바이를 사는 것보다 의무 보험을 드는 게 문제였다. 청소년은 보험 가입이 제한되어 할아버지 앞으로 보험을 들어야 하는데 촌수 때문에 가족 운전자 한정 특약이 적용되지 않았다. 그럼 누구나 운전할 수 있는 특약을 넣어야 한다는데, 보험비가 어마 무시했다. 중고로 알아봐 둔 오토바이보다 보험료가 더 비쌌다. 그렇다고 어디서 뭘 하고 사는지 모를 엄마 아빠를 불러올 수도 없었다. 사진으로만 본 엄마 아빠를 원망하며 터덜터덜 시험장을 나서는데 정문 앞에서 누군가 손을 번쩍 들고 흔들었다.

"찐솔, 합격?"

손바닥만 한 단어장을 얼른 가방에 넣은 새나가 눈을 빛내며 다가왔다. 나는 대충 고개를 끄덕였다. 싱거운 반응에 실망했는지 새나는 입술을 비죽였다.

"뭐야, 축하해 주려고 기껏 왔더니."

"몰라. 괜히 땄어. 알바까지 쉬고 왔는데. 아, 학원비나 아낄걸."

시큰둥하게 투덜거리자 새나가 왜 그러냐고 자꾸 물었다. 하지만 별로 말하고 싶지 않았다. 바쁜 슬기 언니한테 아쉬운 소리를 한 것도 걸리고 할아버지한테 뭐라고 말할지도 신경 쓰였다.

"에이, 좋게 생각해. 미리 따 두면 좋지. 근데 선호랑 연락해 봤어? 왜 전화를 안 받지?"

내가 대답을 피하자 새나는 더 건드리지 않겠다는 듯 화제를 돌렸다. 그러고 보니 선호와 마지막으로 문자를 주고받은 게 언제였더라, 싶었다. 초등학교 중학교를 같이 다닐 때야 늘 학교에서 봤지만 여고 남고로 갈라지면서 따로 시간을 내지 않으면 마주치기가 어려웠다. 그래도 며칠에 한 번씩은 연락을 했는데 요새는 그마저도 뜸해졌다. 6월 모의고사 준비 때문에 바쁜가 싶었지만, 공부에 그렇게 열을 올리는 애도 아닌데 하는 생각에 의아해졌다.

"지금 전화해 봐. 토요일인데 도서관 아님 집에 있겠지."

"이미 걸고 있어. 안 받는데? 너 시험 보는 줄 알 텐데."

새나의 얼굴이 조금 심각해졌다. 나도 슬며시 걱정이 되기 시작했다. SNS로 메시지도 보내 봤지만 읽지 않았다. 누구에게 물어보려 해도 문득 선호 친구들에 대해 그다지 아는 게 없음을 깨달았다. 중학교를 졸업하고 나서도 우리끼리 자주 만났지만 대부분 별거 없이 시간을 보냈다. 우리는 마치 삼각형처럼 셋이 함께 있어야 완성되는 듯이 굴었지만, 대체로 각자의 자리에서 더 멀어지지도 가까워지지도 않은 채 머물러 있었다. 언젠가부터 서로의 내밀한 부분을 건드리지 않으려 조심하며 일상적인 이야기들만 나눴다.

"집에 가 볼까?"

싫은 소리를 들어 가며 알바를 미리 빼 둔 터라 아직 시간이 있었다. 독서실을 끊어 둔 새나는 잠시 고민하는 듯했지만 곧 고개를 끄덕였다. 우리는 오랜만에 선호네 집 쪽으로 향하는 버스를 탔다. 모의고사 준비를 한다고 어제도 밤을 샜는지 새나는 앉자마자 연신 하품을 하다 꾸벅꾸벅 졸기 시작했다. 나는 새나가 편하게 머리를 기댈 수 있도록 한쪽 어깨를 내어주고 창밖을 내다봤다. 연둣빛 가로수들과 철거 예정인 건물들과 눈에 익은 간판들이 빠르게 지나갔다. 오토바이를 타고 이

익숙한 도로를 맘껏 내달리려던 상상이 맥없이 사그라졌다.

버스를 한 번 갈아타고 한참 걷자 선호가 사는 빌라가 보였다. 셋이 같이 다니던 초등학교에서 코앞이라 어릴 땐 그 집에 자주 갔다. 아무도 없는 집에서 우리는 뛰고 뒹굴며 놀았다. 하지만 고학년이 되면서부터는 남자애 집엘 왜 함부로 드나드냐는 말에 묶여 더는 가지 못했다.

"와, 계단이, 끝도 없냐. 꼴랑 4층인데, 왤케, 힘들어."

고등학교에 올라온 뒤로 엉덩이를 딱 붙이고 공부만 하던 새나는 엘리베이터를 간절히 찾으며 숨을 몰아쉬었다. 나도 숨이 차긴 했지만 몸을 움직이니 차라리 머리가 깨끗해지는 기분이었다.

"너무 간만이라 헷갈리네. 403호야, 405호야? 일단 눌러 보자."

마주 보고 있는 집 두 채 사이에서 우리는 긴가민가하며 기억을 더듬었다. 초인종을 누르자 문이 벌컥 열렸다.

"아, 진솔이랑 새나구나. 선호가 안에 있긴 한데…… 지금은 좀."

오랜만에 본 선호 아빠는 해쓱했다. 주민 센터에서 일하는 아저씨는 원체 세심하고 일 처리가 꼼꼼해 동네 할머니들의 인기를 독차지했다. 그런데 늘 서글서글하던 아저씨 눈가에 거멓게 그늘이 져 있었다.

"혹시 학교에서 나왔나 했더니. 그래, 애가 저 지경인데 퇴

원할 때까지 아무도 얼굴 한번 안 비쳤는데 뭘 바라겠니."

분이 섞인 말에 새나와 나는 동시에 눈을 마주쳤다. 병원에 입원했는 줄도 몰랐는데 퇴원이라니. 무슨 일인가 싶었다. 손끝과 발끝이 차게 식었다.

"어, 저희도 선호랑 계속 연락이 안 돼서……. 걱정돼서 와 본 거거든요."

"고맙다. 근데 어쩌니. 방에 틀어박혀 꼼짝도 안 한지 며칠째야. 일단 들어와."

허락을 받은 우리는 조심스럽게 집 안으로 들어섰다. 현관에서 바로 보이는 선호 방은 굳게 닫혀 있었다. 좁은 집이라 말소리가 들릴 텐데도 선호는 나와 보지 않았다.

"선호야. 우리 들어가도 돼?"

새나가 조심조심 노크를 했다. 방에선 대답이 없었다.

"유선호, 우리 들어간다?"

나는 더 기다리지 못하고 문을 열었다. 아까부터 심장이 불쾌하게 엇박자로 뛰고 있었다. 스멀스멀 올라오는 불안을 다스리기가 어려웠다. 선호가 멀쩡한지 당장 확인하지 않으면 안 될 것 같았다.

여름 초입이라 저녁때가 다 되었는데도 아직 바깥이 환했다. 그런데 방 안은 물체가 구별되지 않을 정도로 어두컴컴했다. 두꺼운 암막 커튼을 치고 불을 꺼 두어서 그런 듯했다. 나는 곧장 불부터 켰다. 어수선한 책상이 먼저 눈에 들어왔다. 깔끔한 선호의 성격과 전혀 어울리지 않는 모습이었다. 갈기갈기 찢어진 종이와 펜들이 마구잡이로 굴러다녔다. 두툼한 약봉지도 눈에 띄었다. 침대에 누워 이불을 뒤집어쓰고 있는 선호가 보였다.

"여긴 왜 왔어. 가. 나중에 연락할게."

낮고 젖은 목소리가 들렸다. 선호는 웅크린 채 이불 속으로 더욱 파고들었다. 한 번도 본 적 없는 방어적인 태도에 마음이 덜컥 내려앉았다. 비가 오는 것도 아닌데 방 안 공기가 눅눅하게 느껴졌다. 서둘러 이불을 걷어 내고 어떤 얘기든 얼굴을 보고 하고 싶었지만 우리는 말없이 기다렸다. 선호가 늘 그래 줬던 것처럼. 다 마르지 않은 그림에 억지로 덧칠해 봤자 종이만 찢어질 뿐이란 걸 알고 있었다. 우리가 그냥 가지 않을 줄 알았는지 한참 만에 선호가 꾸물꾸물 일어났다. 오랜만에 본 선호의 얼굴은 창백하게 질려 있었다. 그리고 덜 빠진 멍으로 얼룩덜룩했다. 새나가 옆에서 입을 가린 채 헉, 하고 비명을 삼켰다.

"어떻게 된 거야?"

다그치지 않으려 애쓰며 침착하게 물었다. 머리가 뜨겁게 달아올랐다. 선호는 고개를 푹 숙이고 있었다. 그때 노크 소리가 들려왔다. 선호 아빠가 쟁반을 들고 주저하며 들어왔다.

"마실 거라도 좀 줘야 할 것 같아서. 실은 갈비뼈에 실금이 갔어……. 조심해."

선호 아빠는 뭔가를 더 말하려는 듯하다가 속이 상하는지 음료수만 건네주고 도로 나갔다. 짧은 침묵이 흘렀다.

"학교에서 사고라도 난 거야? 뭔데. 무슨 일인데."

결국 애가 타 다시 묻자 선호가 긴 숨을 내쉬었다.

"나가자. 나가서 말해."

힘없이 말한 선호는 절뚝거리며 일어났다. 새나가 얼른 부축해 주려 했지만 고개를 젓고 옷장에서 모자를 꺼내 왔다. 캡을 깊이 눌러 쓰니 살이 내린 선호의 얼굴이 반쯤 가려졌다. 다 같이 방에서 나오자 선호 아빠가 놀란 눈으로 바라봤다. 눈이 마주쳤지만 별달리 할 수 있는 말이 없어 민둥하게 인사를 하고 집을 나섰다. 선호는 아직 움직이기가 불편한지 벽을 짚고 천천히 계단을 내려갔다. 새나랑 나는 더 느린 걸음으로 그 뒤를 따랐다. 앞서 걷고 있는 선호의 등을 뒤에서 보자 기분이 묘했다. 우리는 언제나 나란히 걸었는데…….

늘 나보다 작았던 선호는 중학교에 올라가며 한 뼘 이상 자랐다. 고등학교에 올라가고부터는 내가 올려다봐야 했다. 부쩍 큰 키가 무색하게 선호는 언젠가부터 어깨를 구부정하게 수그리고 다녔다. 어깨 좀 펴라고, 자세 좀 똑바로 하고 다니라고 잔소리를 하면서도 왜 그러고 다니냐고는 한 번도 안 물어봤다는 생각이 문득 들었다.

빌라에서 나와 우리는 초등학교로 향했다. 아무도 말을 꺼내지 않았지만 셋 다 자연스럽게 발걸음을 옮겼다. 운동장에는 공을 차는 애들과 운동 나온 어른들 몇이 있었다. 우리는 조회대 옆 스탠드에 앉았다. 아직 지지 않은 등나무 꽃의 달콤한 향이 짙게 났다. 윙윙거리는 벌 소리도 요란했다. 연한 보랏빛 등꽃 사이로 오후의 빛이 겹쳐 들었다. 먼저 정적을 깬 건 선호였다.

"면허 시험은?"

"지금 그게 중요해? 붙었지, 당연히."

팔짱을 끼고 다리를 떨며 선호의 다음 말을 기다렸다. 선호는 머뭇거리다 뒷머리를 헝클곤 마른세수를 했다. 짧은 침묵이 흘렀다. 두어 번 입술을 달싹거리던 선호가 마침내 입을 열었다.

"반 애들한테 맞았어. 호모 같다고."

앞뒤 없는 짧은 설명에 새나의 눈이 커졌다. 나도 급하게 숨을 들이켰다. 순간, 언젠가 할아버지와 나눴던 대화가 생각났다.

"선호 걔는 그…… 호몬가 뭔가 그거냐?"

중학교 졸업할 때쯤이었을까. 어느 날 할아버지가 슬쩍 떠보듯 물었다.

"아, 진짜! 어디서 뭔 말을 듣고 다니는 거야. 그거 비하 발언이거든? 그리고…… 아니야, 걘 그냥……. 아, 몰라."

말수가 적고, 조용히 앉아 손으로 뭔가 만드는 걸 좋아하고, 낯을 가리고. 선호의 성격적 특징들은 힘을 과시하고 싶어 하는 남자애들 사이에서 종종 공격거리가 됐다. 선호의 성 정체성이 뭔지는 나도 정확히 몰랐다. 따로 우리에게 커밍아웃을 한 적은 없으니까. 하지만 선호가 진짜로 동성애자든 아니든 일방적이고 악의적인 비난을 받을 이유는 없었다. 그럼에도 어디서부터 어디까지 어떻게 말을 얹어야 할지 몰라 나는 그냥 얼버무렸다. 사실, 그날 내가 감추고 싶었던 건 내 별명이었다. 3반 레즈. 몇몇 애들은 나를 그렇게 불렀다.

전교생이 백 명도 안 되던 중학교에서 쇼트커트를 한 여자애가 나밖에 없어서였을까? 화장이나 옷차림에 그다지 관심이 없어서였을까? 이유는 아직도 알 수 없다. 밖에 나가면 어른들은 꼭 선호랑 나를 엮거나 선호랑 새나를 엮었고, 학교 안에서 애들은 꼭 새나랑 나를 엮었다. 한 번도 내 성 정체성에 대해 고민해 본 적이 없는데, 다른 애들 눈에 그렇게 보인다면 그런 건가 싶기도 했다. 그 말을 들은 새나는 어이없어 하며 그걸 왜 남이 결정하느냐고 되물었다.

고등학교에 와 머리를 기르고 딱히 관심도 없는 남자 아이돌 이야기에 열을 올리는 척하면서부터 내 세계는 놀라울 정도로 잠잠해졌다. 누군가 난데없이 다가와 비아냥거리는 일이 사라졌고 새나랑 내가 팔짱을 끼고 다니든 화장실을 같이 다니든 아무도 놀리지 않았다. 그런데, 선호는 아니었나 보다.

"애들이…… 계속 괴롭혔어? 언제부터 그랬는데. 몇 명이서 그랬는데? 걔네 다 신고는 했어?"

나도 모르게 마구 질문을 쏟아 내다 입을 딱 다물었다. 아무래도 선호를 다그치고 있는 모양새 같아 이어지려는 말들을 힘들게 삼켰다. 옆에서 듣고만 있던 새나가 재빨리 눈가를 훔쳐 내며 대신 말을 이었다.

"딴 건 몰라도 아픈 건 말해야지. 그래야 알지. 아빠한테 말씀드리고 전학 절차부터 알아보자. 딴 데 가면 걔네 안 봐도 되잖아. 응?"

새나가 선호의 등을 살살 토닥였다. 그러자 내내 말없이 앉아 있던 선호가 좀 먹먹한 목소리로 대꾸했다.

"너희…… 그런 느낌 알아? 나는…… 늘 한 뼘쯤 허공 어딘가에 발이 떠 있는 것 같아. 어디에도 속하지 못하고 둥둥 떠다니는 느낌이야."

혼잣말처럼 중얼거리던 선호는 이내 쓰게 웃으며 고개를 저었다.

"이제 자신 없어. 다른 데 가 봤자 어차피 똑같겠지."

모든 걸 단념한 듯한 선호의 말을 듣는 순간 눈앞이 캄캄해졌다. 불현듯 몇 달 전 봤던 물고기 생각이 났다. 활기 없이 배만 홀쭉해져 미동이 없던 물고기가 떠올랐다. 지느러미가 접힌 채 빳빳해 보이던 모습이 자꾸 선호 위로 겹쳐졌다. 불길한 그 잔상을 떨쳐 버리려 벌떡 자리에서 일어났다.

"뭐래. 안 되면 자퇴 하고 검정고시 봐. 아님 미용 기술부터 배워. 너 그거 하고 싶다며. 하고 싶은 거 해."

대수롭지 않은 척 무심하게 대꾸하다 멈칫했다. 무의식중에 뱉은 말이, 실은 내가 간절히 듣고 싶었던 말 같아서였다. 입시 미술을 하지 않으면, 미대에 가지 않으면 그림과 영영 멀어지는 거라고 생각해 왔음을 파뜩 깨달았다. 어디서든 어떻게든 하고 싶으면 하면 되는 건데. 나는 손톱자국이 날 만큼 주먹을 세게 쥐다가 선호의 뒤로 가서 섰다. 그리고 앉아 있는 그 애의 등을 두 손으로 떠밀어 세웠다.

"야, 뭐 해?"

당황한 선호가 고꾸라질 듯 앞으로 밀리다 비틀비틀 일어났다. 혹시라도 다친 데가 아플까 봐 걱정됐는지 새나가 냉큼 선호를 부축했다.

"기분 안 좋을 땐 움직여야 돼. 너 며칠 동안 방에 있었다며. 조용히 따라와."

나는 무작정 애들을 끌고 교문 앞으로 갔다. 비슬거리는 선호와 보폭을 맞춰 걸으며 택시를 불렀다. 이대로 있을 순 없다는 생각만 들었다.

"갑자기 택시는 왜? 어디 가려고?"

새나가 갸웃거리며 물었다.

"오토바이도 날아갔고, 배달 알바도 날아갔고. 나 오늘 기분 되게 안 좋거든? 그래서 머리 자를 거야."

대중없는 내 말에 선호랑 새나는 어리벙벙한 표정이었다. 그러든가 말든가 나는 빠르게 검색한 주소지를 기사님에게 보여 드렸다. 먼 거리가 아니었지만 선호의 몸이 불편해 보여서인지 기사님은 흔쾌히 출발했다. 우리는 시장 길목 미용 재료

가게 앞에서 내렸다. 도착지를 확인한 선호의 표정이 설핏 굳어졌다.

"야, 갑자기 여긴 왜."

"머리 자른다고 했잖아. 쌔나, 너희 엄마한테 전화 좀 드려줘. 미용실 쓴다고."

감을 잡은 쌔나는 눈을 빛내며 곧바로 전화를 걸었다. 얼추 장단을 맞추려는 듯 되묻지도 않았다. 나는 멍청하게 서 있는 선호를 가게 안으로 데리고 들어갔다.

"사장님, 얘 헤어 국가 고시 실기 시험 준비하거든요? 필요한 거 다 주세요."

나는 통장 잔고를 머릿속으로 계산하며 호기롭게 말했다. 하품을 하고 있던 가게 주인은 부리나케 일어났다. 마침 딱인 게 있다며 헤어 마네킹부터 분무기, 가위, 초급 커트용 덧가발, 롤 빗 등이 한꺼번에 들어 있는 세트를 보여 줬다.

"아니에요. 그냥 구경만 하러 온 거예요. 죄송합니다."

선호는 가격을 듣고 기겁하며 내 손을 잡아끌었다.

"아뇨! 몽땅 주세요."

나는 잽싸게 체크 카드를 쌔나에게 던졌다. 완벽하게 잡아챈 쌔나가 순식간에 계산을 끝내 버렸다. 몇 십 만원 가까운 돈이었지만 어차피 오토바이 대신인 셈으로 치자 싶었다.

"나 이거 못 갚아. 모아 둔 돈도 없고 당장 알바도 못 해."

선호가 떨리는 목소리로 말하자 끙끙거리며 물건을 받아든 새나가 씩씩하게 "내가 반 보탤게!" 했다.

"하, 제발. 왜들 그래."

선호는 숫제 울상이 되어 우리를 말렸다. 하지만 나랑 새나는 못 들은 척 다시 선호를 이끌었다. 봉투는 묵직했지만 새나랑 같이 들어 하나도 무겁지 않았다.

미용실은 텅 비어 있었다. 새나 엄마가 간판 조명도 끄고 자리를 비워 준 덕분이었다. 나는 인조 가죽 의자에 털썩 앉았다.

"확 쳐 버려. 짧게. 가볍게."

내가 주문하자 새나는 신나게 커트보를 가져왔다. 남색 천을 빈틈없이 목에 둘러 주곤 멍하니 서 있는 선호를 돌아봤다.

"뭐 해? 손님이 커트 쳐 달라잖아. 샴푸부터 해야지. 내가 미용실 딸내미라 빠삭하거든. 너 연습할 때는 마네킹 헤어에 린스부터 공들여 발라야 되는 거 알지?"

새나가 재잘거리기 시작하자 선호는 제 이마를 짚더니 내 뒤에 우두커니 섰다. 은은한 조명 아래에 선 선호의 윤곽이 도드라졌다. 언젠가 분명 이 순간을 그리게 될 것 같단 예감이 들었다. 연필로만 슥슥 그려도 좋겠지만 이왕이면 배틱 기법으로 효과를 주고 싶었다. 스케치 없이 양초를 문질러 형체를 잡고 색이 진한 물감을 써 배경을 물빛으로 칠할 것이다. 경계가 멋대로 흐려지도록 여러 색을 섞어야지. 언뜻 아무것도 없어 보이는 흰 종이 위에 수성 물감을 칠하면 양초로 그려 둔 밑그림이 마법처럼 드러날 것이다. 바닥엔 깨진 어항의 조각들이 흐트러져 있고 선호 주위로 아름다운 물고기들이 유유히 헤엄치고 있는 모습이면 좋겠다 싶었다. 간만에 그림을 구상하자 오롯이 살아 있다는 느낌이 들었다. 선호도 그런 실감을 느꼈으면 했다.

"진짜 잘라?"

여전히 불안한지 선호가 떨리는 목소리로 되물었다.

"응. 예쁘게 잘라 줘. 공들여서. 정성껏."

거울에 비치는 선호의 모습을 똑바로 보며 단호하게 말했다. 어떻게든 살려 보겠다고 물고기에게 필요한 것들을 알아보던 아이들처럼, 나도 내가 할 수 있는 뭔가를 하고 싶었다.

숨을 크게 들이마셨다 내쉰 선호가 나를 샴푸실로 데려갔다. 물을 틀고 온도를 맞추고 부드러운 손길로 내 머리를 감겨 줬다. 눈을 꼭 감고 물 흐르는 소리를 듣고 있자 어쩐지 눈물이 날 것 같았지만 꾹 참았다. 선호는 두툼한 수건으로 내 머리칼을 톡톡 두드려 가볍게 말려 주곤 다시 의자로 데려갔다. 그사이 새나 엄마에게 배웠는지 손놀림이 제법 능숙했다. 새나는 도구들이 들어 있는 트레이를 선호 옆으로 갖다줬다.

"너, 머리 오래 길렀잖아. 알바하는 데서도 예쁘게 하고 다 니랬잖아."

빗과 가위를 양손에 들고도 짐짓 걱정이 되는지 선호가 다시 한번 괜찮겠냐고 물었다.

"내 맘이야. 뭔 상관."

나는 일부러 콧방귀를 뀌며 대꾸했다. 선호는 숨을 고르고 신중하게 빗질을 시작했다. 가르마를 타더니 턱 선을 기준으로 파트를 나누고 핀으로 고정시켰다. 손가락으로 길이를 맞춘 뒤 수평을 잡는 선호의 손끝이 가늘게 떨렸다.

"긴장하지 마. 그냥 해. 괜찮아."

새나의 말처럼, 괜찮아지길 바라는 마음으로 나는 주문을 외듯 담담히 말했다. 지휘자가 양팔을 들어 지휘하듯 가위를 든 선호가 가위질을 시작했다. 서걱서걱. 사락사락. 가위 소리와 함께 머리카락이 잘려 바닥으로 떨어지는 소리, 머리카락 넘기는 소리가 났다. 날카로운 것을 손에 쥔 선호는 누구도 찌르지 않고 그저 머리카락을 잘라 냈다. 2년 동안 길렀던 머리카락이 조금씩 잘려 나갔다. 고요한 가운데서 우리는 서로의 숨소리에 귀를 기울였다.

"곧 여름인데 완전 시원하겠다. 나도 자를래! 너 나중에 실기시험 붙으면 다 우리 덕분인 줄 알아."

턱을 괴고 앉아 선호랑 나를 보던 새나가 밝게 종알거렸다. 그 호들갑스러운 생색에 선호도 결국 피식 웃었다.

"나중에 셋 다 면허 따면, 만날 노래 부르던 그 엄청 먼 데 같이 가 보자. 셋이 번갈아 운전하면 별로 안 멀게 느껴질걸?"

머리카락이 들어가지 않게 눈을 감은 채로 나는 말했다. 어릴 때부터 봐 온 내 친구들의 얼굴은 눈을 감아도 선명히 그려졌다. 초등학생 때 우리는 매일 붙어 다녔고, 중학생 때 우리는 조금씩 서먹서먹해졌다. 고등학생이 된 지금, 우리는 가끔 속내를 알 수 없는 얼굴로 서로를 마주 봤다. 졸업하면 자연스럽게 멀어지겠지, 했던 마음을 들킨 건 언제일까? 내일의 우리를 알 수 없어 텅 빈 말들만 주고받으며 떠들었지만 그래도 우린 자주 웃었고 자주 다음을 말했다.

"허공에 떠 있는 것 같으면, 남들 걸을 때 넌 날아가면 되지. 땅이 밟고 싶어지면 내 발등 밟고 서. 뭐 어떠냐?"

가위를 내려놓는 소리에 나는 눈을 반짝 뜨며 쏘아붙였다. 그러니까 아무것도 증명할 필요 없다고, 어딘가에 속하고 싶어 버둥거릴 필요도 없다고 말해 주고 싶었지만 그건 나중으로 미뤄 두기로 했다. 내일의 우리에겐 또 시간이 있을 테니까.

옆선과 뒷선을 정리하며 가위질을 마친 선호가 대답 대신 내 얼굴의 머리카락을 살살 털어 줬다. 나는 귀 밑에서 찰랑거리는 머리칼을 손가락으로 빗질하듯 쓸어 봤다. 다시 훅 짧아진 머리가 어색했지만 나쁘지 않았다. 거추장스럽던 앞머리까지 짧아지자 도리어 후련했다. 불쑥 선호에게 선물할 그림 뒤에 적어 넣을 문장이 떠올랐다.

> 아무도 나를 가두지 않았다.
> 그러므로 나는 어디로든 갈 것이다.

나는 똑바로 거울을 봤다. 거울에 비친 나는, 그냥 나 같았다.

너와 그곳에서

더웠다. 그냥 덥기만 한 게 아니라 습해서 온몸이 끈적거렸다. 날씨 때문에 죽을 맛이었다. 태국의 공기는 좀처럼 익숙해지지 않았다. 나는 바지 자락을 바짝 당겨 올렸다. 바람이 잘 드는 면바지인데도 다리에 칭칭 감기는 느낌이 들었다. 어제 엄마가 예약해 놓은 뚝뚝 앞에 서서 하품을 크게 했다. 눈곱을 떼며 정신이 들도록 머리를 두어 번 흔들었다. 그리고 게스트 하우스에서 준비해 준 바나나 머핀을 주섬주섬 꺼내 입으로 밀어 넣었다. 달고 퍽퍽했다. 목이 메어 캑캑거리고 있는데 뒤에서 누가 어깨를 툭 쳤다.

"엇! 야, 오택!"

여기서 들으리라곤 생각지도 못한 익숙한 호칭에 목덜미의 털이 곤두섰다. '오태구'라는 내 이름을 멋대로 줄여서 부르는 사람을 방콕에서 만나다니. 황당해하며 돌아보자 거기 강린아가 있었다.

"너, 네가 왜, 왜 여기 있어?"

너무 당황해서 말도 제대로 나오지 않았다. 한국 사람들 대부분이 이 숙소에 묵는다는 얘긴 들었지만, 막상 같은 반 애랑 다른 나라에서 마주치니 어처구니가 없었다. 쨍하게 내리쬐는 햇빛 아래에 샛노란 민소매 원피스를 입고 서 있는 린아의 존재가 지나치게 생뚱맞게 느껴졌다.

"왜 여기 있긴. 당연히 놀러 왔지. 뭘 그렇게 급하게 먹냐? 일단 이것부터 마셔. 누구랑 왔어?"

놀라기도 하고 사레가 들리기도 해서 계속 쿨럭거리자 린아가 자기가 마시던 망고주스를 태연히 나에게 건넸다. 플라스틱 병에 묻은 분홍색 립밤 자국이 보였다. 난감해하는 표정을 눈치챘는지 린아가 "아." 하고는 소매로 슥슥 그 부분만 문지르고는 도로 건넸다. '그게 문제가 아닌 것 같은데.' 하는 생각이 스쳤지만 거절하기도 뭐해 순순히 받아들었다. 주스는 머리가 띵해질 만큼 달고 시원했다.

"아, 난 엄마랑 둘이."

나는 짤막하게 대꾸하고 입을 다물어 버렸다. "너는?" 하고 되물어야 하는데 모든 상황이 너무 당황스러워서 말문이 쉽사리 떨어지지 않았다.

엄마는 내 여름 방학에 맞춰 태국 방콕행 비행기표를 끊었다. 3박 4일의 짧은 일정이었지만 엄마 딴에는 큰맘 먹고 벼

르고 별러 온 여행이었다. 열 시간씩 일해도 턱없이 적은 월급에, 들쑥날쑥 들어오는 양육비에, 해외여행은커녕 집 앞 공원 한번 나가기도 힘들다고 우는소리를 하던 엄마가 무슨 바람이 불었는지 덜렁 표 두 장을 예매한 것이었다. 알고 보니 그날은 엄마가 아빠와 이혼한 지 딱 1년째 되는 날이었다.

엄마는 나를 앞에 두고 솔직하게 말했다. 아빠와 갈라서면서 인생의 실패자가 된 것 같아 두려웠고, 날 혼자 키울 수 있을지 엄두가 안 나 무서웠다고. 하지만 우리 둘이 충분히 잘해 나가고 있어 정말로 기쁘다고. 그걸 축하하고 싶다고. 나는 대답하는 대신 방으로 들어가 몰래 감춰 둔 저금통을 가져와 건넸다. 엄마가 "우리 아들 다 컸네." 하며 내 코를 장난스럽게 쥐었다. 그 덕에 코끝이 빨개진 걸 들키지 않았다.

주머니 사정이 넉넉지는 않아 제일 싼 표를 끊어야 했던 우리는 새벽 3시에 방콕에 도착했다. 자유 여행의 성지처럼 여겨지는 곳부터 가고 싶다고 첫 여행지를 방콕으로 고른 엄마는 태국에 도착하기도 전에 지쳐 버렸다. 비행기는 연착되었고 입국 심사를 기다리는 줄은 어마어마하게 길었다. 어찌저찌 짐을 찾아 미리 예약해 놓은 게스트 하우스에 당도하니 새벽 5시였다. 트렁크를 열어 정리할 겨를도 없이 진이 빠졌다. 두 겹으로 친 커튼을 슬쩍 걷어 보자 옅은 빛이 어렴풋이 번져 가고 있었다. 엄마랑 나는 씻지도 못하고 기절하듯 잠들었다. 관광이고 뭐고 종일 누워 있고만 싶었다. 온몸이 쑤시고 피곤했지만 겨우 짬을 내어 온 여행인 만큼 시간을 버릴 순 없었다. 주말에만 연다는 짜뚜짝 시장에 가려고 아득바득 일어나 나선 참인데, 뜬금없이 별로 친하지도 않은 린아가 불쑥 나타나 말을 걸어온 것이었다. 나는 이 모든 걸 어떻게 구구절절 설명해야 할지 몰라 난감했다. 내가 당황스러워하는 줄 아는지 모르는지 린아는 태연하게 기지개를 켜며 자기 얘기를 늘어놓았다.

"난 이모랑 둘이 왔어. 오늘은 왕궁이랑 왓포 사원 가고, 시간 나면 왓 아룬이랑 야시장까지 가 보려고. 아, 오늘도 한국 사람 엄청 많으려나?"

린아는 숨이 차지도 않은지 잘도 떠들어 댔다.

"방학이라 그런지 우리 또래 애들도 많더라. 여기서 한국 사람 보니까 뭔가 신기하지 않아? 하긴. 너랑 만난 것도 완전 대박이다. 어떻게 숙소까지 똑같냐."

내 대답은 기다리지도 않고 쉴 새 없이 조잘거렸다. 혼자 말하고 혼자 킥킥거리는 게 우스웠다. 뭐랄까. '이런 애였나?' 싶은 생각이 들었다. 따로 대꾸하진 않았지만 사실 나도 신기하기는 했다. 같은 반이긴 해도 1학기가 지나도록 말 한마디 제대로 나눠 보지 않은 린아와 이 먼 곳에서, 이렇게 같이 서 있다니.

"혜윰, 이러다 늦겠어! 왕궁 줄 무지 길대. 아, 얘 우리 반 앤데 여기서 만났다? 엄청나지?"

린아가 안에서 능장을 부리고 있는 자기 이모를 향해 소리쳤다. 그런데 이모라고 하지 않고 그냥 '혜윰'이라고만 불렀다. 평소에 늘 그렇게 부르는지 아주 자연스러웠다. 어른을 이름으로 부르는데도 혼나지 않다니. 다소 낯설었다.

커피를 홀짝거리며 나오던 린아네 이모는 린아의 호들갑에 "오!" 하고 짧은 감탄사를 내뱉더니 곧장 손을 내밀었다. 갑작스러운 악수 신청에 어쩔 줄 몰라 하고 있는데 엄마가 뒤에서 "태구야?" 하고 불렀다.

"아, 어, 엄마. 그, 같은 반 애를 우연히 만나서. 얜 강린아고, 이분은 린아 이모님이래."

나는 민망해하며 린아와 린아네 이모를 소개했다. 길지도 않은 한마디를 하며 떠듬떠듬 말을 고르는 게 답답했을 만도 한데 아무도 다그치지 않았다.

"이모님이라니, 큭큭. 이런 데서 우리 린아 친구를 만날 줄은 상상도 못 했는데. 반가워요. 편하게 혜윰이라고 불러 주세요."

엄마보다 열 살 정도 어린 린아네 이모는 우리를 반가워하며 몸을 들썩였다. 엄마가 키우는 콩란처럼 자잘하게 땋아 내린 머리칼이 이리저리 흔들렸다. 부산스러운 린아네 이모가 약간 부담스럽긴 했지만 원래부터 활달한 성격인 듯 거리낌 없이 구는 모습이 싫지는 않았다.

"네가 '그' 오태구구나? 오오, 태구, 태구. 얘기 많이 들었어. 린아 말론 대단한 친구라던데?"

린아네 이모는 내 성을 연극적인 톤으로 늘여 불렀다. 놀리

는 느낌이었으면 기분이 상했을 텐데 정말 감탄하는 투라 유
쾌하게만 들렸다. 대단하니 어쩌니 하는 말에 머릿속에 물음
표가 빼곡히 들어찼지만 말대꾸를 할 수 없어 멀뚱히 있었다.

"아, 혹시 혜윰이 무슨 뜻인 줄 알아?"

말도 안 되는 칭찬을 늘어놓던 혜윰 이모는 대뜸 문제를 냈
다. 밝은 담갈색 눈동자가 짓궂게 빛났다.

"생각."

나도 모르게 대답하고 아차 싶어 아주 작게 "이요." 하고 붙
였다.

"역시! 문학 소년 맞네."

혜윰 이모는 박수를 치며 활짝 웃었다. 엄마랑 린아도 옆에
서 "오오." 하며 추켜세웠다. 나는 달아오른 뺨을 벅벅 문질렀
다. 쾌활한 혜윰 이모에겐 사람을 끌어당기는 힘이 있었다. 엄
마도 비슷하게 느꼈는지 어느새 살갑게 말을 주고받았다.

"우린 짜뚜짝 시장부터 가려고요. 하도 유명하다고 해서. 일
정이 달라서 밤에나 보겠네. 잘 둘러보고 와요."

엄마가 린아의 머리를 쓰다듬어 주고 혜윰 이모한테도 인사
를 건넸다. 만난 지 얼마 되지도 않았는데 벌써 서운해하는 눈
치라 나는 조금 놀랐다. 나만큼이나 낯을 가리는 엄마가 스스
럼없이 마음을 여는 모습을 보니 신기했다. 낯선 곳에 와서인
지 아니면 린아와 혜윰 이모가 그만큼 마음에 들어서인지는
알 수 없었다. 어쨌든 엄마가 스스럼없이 대하니 나도 한결 마

음이 편해졌다.

린아네와 헤어지고 우리는 뚝뚝을 타고 짜뚜짝 시장으로 향했다. 엄마는 잔뜩 들떠 쉴 새 없이 사진을 찍었다. 색색의 건물과 자동차 들이 눈을 사로잡았다. 아주 복잡해 보이면서도 단순하고, 단순해 보이면서도 다채롭게 어우러진 풍경들이 신기했다. 짜뚜짝 시장은 상상 이상으로 북적거렸다. 5천여 개나 된다는 가게들이 죽 늘어서 있고 거미줄처럼 얽힌 골목길 사이사이로 온갖 국적의 사람들이 빽빽이 지나다녔다. 사람들에게 밀리지 않으려 기를 쓰면서 엄마를 놓칠까 봐 딱 달라붙어 걸었다. 실을 일일이 꼬아 만든 장식품부터 조개를 풍성하게 엮어 만든 화려한 풍경(風磬)들, 직접 가죽을 고르고 이니셜을 새겨 넣을 수 있는 여권 지갑 등 한국에서는 쉽게 보지 못했던 갖가지 소품이 눈길을 끌었다.

처음 와 본 티를 팍팍 내며 여기저기 두리번거리고 있는데 엄마가 갑자기 걸음을 멈췄다. 그리고 사방을 둘러보더니 돌연 어디론가 마구 내달렸다. 나는 깜짝 놀라 엄마 뒤를 정신없이 쫓아갔다.

"엄마! 어디 가? 잠깐 멈춰 봐. 어?"

내가 숨을 거칠게 몰아쉬며 소리를 지르자 그제야 퍼뜩 정신이 들었는지 달리던 엄마가 걸음을 멈추고 나를 돌아봤다.

"지갑. 지갑이 없어."

엄마의 얼굴이 창백했다. 희게 질린 얼굴을 보자 아찔했다.

말로만 듣던 소매치기를 당한 거였다. 식은땀이 절로 났다.

"엄마, 설마 거기에 돈 다 넣어 놓은 건 아니지? 어제 분명히 나눠서 넣었잖아."

엄마는 울상을 지으며 이마를 짚었다. 시장에선 돈을 많이 쓸 것 같아 일부러 넉넉하게 챙겨 왔다고 했다. 힘이 쭉 빠지며 아뜩해졌다. 나는 얼른 주머니 여기저기를 뒤져 보았다. 10밧짜리 두 장이 나왔다. 숙소까지 갈 택시비도 빠듯했다. 구름 한 점 없이 푸르기만 한 하늘이 순간 노랗게 보였다. 눈앞이 캄캄했다.

처음 당해 보는 일에 엄마는 완전히 혼이 나갔다. 여권이랑 휴대폰이 그대로여서 그나마 다행이었다. 일단은 숙소로 돌아가야 돈을 다시 가져오든 말든 할 텐데, 숙소까지 이동할 방법도 없으니 막막했다. 떠들썩한 시장 분위기 때문에 더 정신이 없었다. 그때 퍼뜩 린아 생각이 났다. 얼른 구글 지도를 찾아보니 왕궁과 시장이 그렇게 많이 멀지는 않았다.

"잠깐만, 엄마. 린아한테 혹시 와 줄 수 있는지 물어볼게."

나는 린아에게 사정을 설명하는 문자를 보냈다. 민폐를 끼치는 것 같았지만 별다른 방도가 없었다. 햇볕이 강렬하게 내리쬐는 시장 한복판, 무수한 사람이 오가는 길 한가운데에서 엄마랑 나 둘만 어쩔 줄 몰라 하며 서 있었으니까. 린아는 좀처럼 답장이 없었다. 문자를 확인한 건지 아닌지 알 수 없어 바짝바짝 속이 탔다. 전화를 걸까 말까 망설이는데, 내 마음이 전달되기라도 한 듯 린아에게서 전화가 왔다.

"지금 뚝뚝 타고 그쪽으로 가는 중이야. 복잡하니까 시장에 있지 말고 역 쪽으로 나와 있어. 우리 왓포 사원으로 갈 건데 같이 움직이자. 어때?"

린아가 물었다. 너무 폐가 될까 봐 망설여졌지만 선택지가 없었다. 엄마랑 나는 제대로 구경할 새도 없이 겁부터 먹은 상태였다. 그렇다고 숙소로 돌아가기에는 여기까지 온 게 아까웠다. 결국 나중에 한꺼번에 셈을 해서 갚기로 하고 넷이 같이 돌아다니기로 했다. 다행히 자유 여행을 많이 해 본 린아네 이모는 여러 상황에 능숙하게 대처할 줄 알았다. 여윳돈도 넉넉하게 챙겨 와 종일 같이 다녀도 끄떡없다고 우리를 안심시켰다.

우리 넷은 시장을 뒤로하고 왓포 사원으로 향했다. 예상하지 못했던 일 때문에 놀랐지만 새로운 곳을 보자 다시 기운이 솟았다. 사원의 어마어마한 규모와 거대한 불상들, 건축물의 섬세함에 감탄이 절로 나왔다. 하지만 감동과 별개로 더운 날씨에 오래 걸으니 확실히 금방 지쳤다. 무리하지 않으려 적당히 돌아다녔는데도 어질어질했다. 배낭여행을 즐겨 한다는 혜윰 이모만 빼고 다들 금세 헉헉거렸다. 점심때가 되자 배가 너무 고파서, 찾아 놨던 맛집은 가 볼 생각도 못하고 눈에 보이는 아무 식당으로 들어가 똠얌꿍과 팟타이를 주문했다.

"다 너무 맛있잖아! 나 여기서 살아야겠어. 혜윰, 우리 이사 올까? 응? 응?"

제 몫의 음식을 야무지게 덜어 먹던 린아는 엄지를 치켜올렸다. 그 모습이 웃겨 다 같이 한바탕 웃었다. 나는 웃으면서도 새삼 린아를 다시금 힐끗거렸다. 햇볕에 타 그새 까무잡잡해진 린아는 학교에서 볼 때와는 또 다른 느낌이었다. 훨씬 더 경쾌하고 밝아 보였다. 이쪽이 린아의 진짜 모습에 한 뼘 더 가까운 걸까. 그럼 린아의 눈에 나는 어떤 애로 보였을까. 지금의 나는 또 어떤 모습으로 보일까. 조금씩 궁금한 게 늘어났다. 낯선 곳이어서 그런지 사소한 것들까지 평소와는 다르게 다가왔다.

우리는 부른 배를 두드리면서 달콤한 코코넛 아이스크림을 하나씩 사 먹고 왓 아룬으로 가기 위해 선착장으로 향했다. 손짓과 단어 몇 개만 얘기해도 사람들이 친절하게 길을 알려 주어서 별로 헤맬 일이 없었다. 엄마랑 둘이서만 다녔다면 소매치기 당한 기억만 남아 최악의 하루가 되었을 텐데, 넷이 함께여서 다행이었다. 선착장에는 이미 많은 사람이 길게 줄을 서 있었다. 우리는 그 줄 끝에 서서 강을 구경했다. 태국에서 제일 긴 강이라는 차오프라야강은 흙탕물로 제법 거세게 출렁이고 있었다. 조금 무서웠지만 보트로 5분 남짓이면 바로 건너편 왓 아룬에 도착한다고 해 그렇게까지 불안하지는 않았다. 사람들 사이에 섞여 배에 오르는데 물결 때문에 배가 잠시 흔들렸다. 내가 휘청거리자 먼저 올라탄 린아가 손을 뻗어 붙잡아 주었다. 무심코 잡았다 얼른 손을 뗐는데, 어쩐지 가는 내내 가슴이 묘하게 울렁거렸다. 린아의 작은 손과 닿았던 손끝이 화끈거렸다.

사원의 이름인 '아룬'은 태국어로 '새벽'을 의미한다고 했다. 점점 가까워지는 새벽 사원의 전경에 엄마는 흥분을 감추지 못하고 연신 탄성을 터뜨렸다. 이곳에 제일 와 보고 싶었다는 린아도 기다렸다는 듯 카메라를 꺼내 들었다. 희디흰 사원은 정말로 아름다웠다. 조개와 자기로 장식된 무늬들이 섬세하고 정교했다. 조각에 대해서도, 건축에 대해서도 잘 몰랐지만 경이로웠다. 더없이 웅장한 그 모습에 어쩐지 한없이 작아지는 기분도 들었다.

팔짝거리며 사방으로 뛰어다닐 것 같던 린아는 막상 사원 안으로 들어서자 어째서인지 좀 가라앉아 보였다. 혜윰 이모도 묘하게 조용했다. 나는 휴대폰으로 사진을 찍으며 간간이 렌즈에 비치는 린아의 모습을 봤다. 린아는 기도하는 것처럼 두 손을 모으고 사원을 올려다봤다. 자세히 보니 목걸이를 손 안에 쥐고 있었다.

"그건 뭐야? 여기 와서 산 거야?"

지금까지와 다르게 사뭇 진지해 보이는 모습에 나도 모르게 다가가 말을 걸고 말았다. 린아는 잠깐 머뭇거리더니 싱긋 웃었다.

"우리 이 여사야. 내 외할머니."

생각지도 못했던 말에 나는 멈칫했다. 린아는 목걸이를 만지작거리며 말했다.

"이건 유골 목걸이인데, 이 안에 할머니 뼛가루가 있어. 이모랑 나랑 하나씩 나눠 가졌어. 할머니가 여길 와 보고 싶어 했거든."

더는 볼 수 없는 사람을 그리는 목소리에 애틋함이 묻어났다.

"셋이 꼭 같이 오기로 했는데 결국 같이 못 왔네. 그래도 여기 함께 있는 거니까."

린아는 목걸이에 가만히 입을 맞췄다. 나는 무슨 말을 해야 할지 몰라 머뭇거리고만 있었다. 그때 갑작스럽게 빗방울이 툭툭 떨어지기 시작했다.

"으앗, 우산 안 가져왔는데. 일단 저리로 가자. 얼른 뛰어!"

린아가 목걸이를 티셔츠 안으로 쏙 집어넣고 비를 피할 데를 찾아 뛰어갔다. 사람들도 웅성거리며 한쪽으로 모여들었다. 엄마와 혜윰 이모가 저 멀리서 손을 흔들었다. 사람들 사이에 섞여 잘 보이지 않을 테지만 혹시 걱정할까 봐 우리도 껑충껑충 뛰며 손짓을 해 보였다.

비는 짧게 쏟아지다 금방 그칠 것 같았다. 여기는 그런 비가 잦다고 했다. 잠깐만 기다리면 또 지나가겠지 싶었다. 다들 비슷한 생각이었는지 우산을 쓰지 않은 사람들이 한꺼번에 몰리자 린아와 나는 어쩔 수 없이 가까이 앉을 수밖에 없었다. 어디선가 달착지근한 말리꽃 향기가 땀 냄새와 섞여 났다. 무슨 말이라도 꺼내야 할 것 같은데 입이 달라붙었는지 한 마디가 안 나왔다. 생각해 보니 그동안 줄곧 린아가 말을 걸어 줘서 편안하게 대화를 나눌 수 있었다. 손톱만 잘근잘근 씹고 있는데, 누굴 닮아서 그렇게 뻣뻣하냐고 혀를 차던 아빠가 불쑥 떠올랐다. 준비되어 있지 않을 때 치고 들어오는 기억은 불쾌했다.

솔직히, 아빠는 말을 거를 줄 모르는 사람이었다. 아빠와 헤어질 때 엄마는 아빠가 무심코 뱉었던 백 가지의 나쁜 말을 목록으로 적어 건넸다. 얼핏 봤던 그 목록에는 내가 자주 들었던 말들도 적혀 있었다. 어찌할 바 모르겠는 상황에 나는 점점 민망해졌고 쓸데없이 아빠가 한 부정적인 말들만 계속 머릿속에 맴돌았다. 그러자 어쩐지 몸 여기저기가 가려운 느낌이 들었다. 벌겋게 부어오를 때까지 팔을 북북 긁는데, 이번에도 린아가 먼저 입을 열었다.

"이러고 있으니까 왠지 네가 썼던 글 생각난다. 왜, 우리 국어 시간에 발표했던 적 있잖아."

나는 한 번에 알아듣지 못하고 갸웃거렸다. 내가 국어 시간에 뭘 발표했지? 전혀 기억이 나질 않았다. 비단 국어 시간뿐만 아니라 학교에서 뭘 한 기억 자체가 거의 없다. 나는 쉬는 시간마다 엎드려 있거나 책을 읽었고 수업 때도 대부분 다른 생각에 빠져 뭔가를 끄적거리기만 했다. 린아가 말을 이었다.

"사실 나 그때부터 너랑 친해지고 싶었는데 한 학기가 다 지나도록 말 한번을 못 걸어 봤어. 근데 여기서 딱 만나다니. 웃기지?"

린아가 코를 찡긋거리며 키득거렸다. 반면 나는 생각지도 않았던 얘기에 멍해졌다. 나랑 친해지고 싶었다니. 한 번도 생각해 본 적 없는 얘기였다.

솔직히 린아는 반에서 꽤 인기가 있다. 뭐든 곧잘 하는 편이고 어딜 가든 존재감이 눈에 띈다. 그에 반해 나는 여태 친한 친구도 한 명 없다. 누가 먼저 말이라도 걸면 엄청나게 당황하기 일쑤다. 마땅히 할 말을 찾지 못해 말끝을 흐리다 대충 얼버무리면 그다음부턴 말을 걸지 않았다. 그런데 나랑 친해지고 싶었다니. 게다가 내가 썼던 글을 기억한다고? 믿을 수 없다 못해 황당하기까지 했다. 내 기분을 알 리 없는 린아는 얘기를 이어 갔다.

"있잖아. 나 가끔 네가 발표했던 글 혼자 생각했었다?"

손을 뻗어 토도독 떨어지는 빗방울을 모았다 흘려보내길 반복하던 린아가 나를 응시했다.

"특히 그 구절이 좋았어. '같이 없어도 같이 있는 것처럼 느껴질 때가 있다. 같이 있어도 같이 있는 것 같지 않았던 때가 있었던 것처럼.'"

린아는 익숙한 문장을 조곤조곤 읊었다. 얼굴이 확 달아올랐다. 내가 쓴 문장을 누군가 소리 내 읽어 주는 건 처음이었다. 나는 당연히 그 문장을 기억했다. 엄마 아빠가 이혼한 지 1년쯤 되어 갈 무렵에 썼던 글의 일부분이었다.

"당신이 한마디 뱉을 때마다 내 존재 가치가 사라지는 기분이야. 그런데 우리가 같이 있는 게 무슨 의미가 있어?"

언젠가 엄마가 아빠에게 따져 물었다. 아빠는 아무 말도 하지 않았다. 엄마도 아빠도 다른 곳을 보고 있었다. 그때 우리 가족은 같은 공간에 있었지만 셋 다 다른 방향으로 돌아서 서로의 표정을 살필 수 없었다. 엄마 아빠가 완전히 헤어지고 나는 도리어 조금 편해졌다. 더 이상 엄마 아빠의 감정을 살피느라 쩔쩔맬 필요가 없었으니까. 간간이 아빠가 보내는 문자에도 편하게 답할 수 있었다.

가끔 보게 된 아빠는 이제 할 수 있는 한 좋은 말만 하려고 애썼다. 그게 어색하면서도 싫지 않았다. 그런 시간을 통과하며 아빠가 없는데도 같이 있는 기분이 들 때가 생겼다. 하지만 그게 아빠와 함께 살고 싶다는 의미는 아니었다. 단지, 정말로 그냥 그럴 때가 있을 뿐이었다.

"그런 걸 다 기억하냐? 그냥 끄적거린 건데."

괜히 민망해 불퉁거리자 린아가 피식 웃었다. 그러곤 다시 말을 이었다.

"뭐, 나도 그냥. 그냥 생각이 나더라고. 예전에 우리 엄마랑 같이 있으면 꼭 그런 기분이었거든."

린아는 물이 묻은 손바닥을 탈탈 털어 내고 젖은 앞머리를 만지작거렸다. 끈덕지게 달라붙는 뭔가를 떨쳐 버리려는 듯.

"종일 집에 같이 있는데, 엄마는 창밖만 내다보고 꼼짝도 하지 않고. 나는 그런 엄마 옆에서 또 꼼짝도 하지 않고 그랬어."

나지막한 목소리로 혼잣말처럼 중얼거리는 린아를 보자 이상하게 속이 뜨끔거렸다.

"엄마가 우울증이었거든. 엄마는 아픈 건데, 나도 아는데, 그래도 외롭더라. 같이 있어도 같이 있는 것 같지 않더라고."

린아는 말을 마치고 한쪽 팔을 쭉 뻗어 보더니 "비 그쳤다, 가자." 하고 걸음을 옮겼다. 그럼 이제 엄마랑은 같이 안 사느냐고 물어보고 싶었는데 괜히 아픈 데를 건드리는 걸까 싶어 묻지 못했다. 린아는 혜윰 이모와 우리 엄마가 있는 데로 곧장 달려갔다. 그 뒤를 쫓아가면서 생각했다. 네가 말하는 게 어떤 느낌인지 나도 정확히 알 것 같다고. 나도 그런 걸 전하고 싶었던 게 맞다고. 그걸 말하기 전에 비가 그쳐 버려서 어쩐지 좀 아쉬웠다.

우리는 발 마사지를 받고 아시아티크로 가 야시장을 둘러봤다. 엄마는 여기까지 왔으니 사고 싶은 거 있으면 다 사라고 배짱을 부렸다. 나는 방콕 풍경이 담긴 자석 몇 개를 골랐고 엄마는 열대 식물로 짠 가방 하나랑 목각으로 만든 코끼리 장식품들을 샀다. 혜윰 이모는 바람이 불면 소리가 나는 종을 종류별로 사 모았다. 린아는 한참 기웃거리기만 하더니 이모에게 스노볼 하나를 갖고 싶다고 했다. 안에 코끼리 두 마리가 들어 있는 스노볼이었다. 엄마 코끼리랑 아기 코끼리가 다정하게 앉아 있었다. 손바닥에 올려 두고 살짝 흔드니 반짝이들이 차르르 흩어졌다 천천히 가라앉았다. 린아가 그걸 보고 가만히 웃었다. 그 웃음을 보는데 어쩐지 가슴이 쿵 내려앉는 기분이 들었다.

우리는 남은 일정 내내 함께 다녔다. 엄마가 첫날의 돈을 갚으려 하자 혜윰 이모는 대신 맛있는 걸 사 달라고 졸랐다. 그날 점심으로 100년 전통이라는 허름한 오리 국숫집에서 밥을 먹었다. 처음엔 가게 외양만 보고 좀 실망했는데, 잘 구워진 오리가 듬뿍 올라간 국수를 먹고는 눈이 번쩍 뜨여 국물까지 싹싹 비웠다. 린아 말처럼 진짜 여기 와서 살고 싶어지는 맛이었다. 내가 웅얼거리며 그렇게 말했더니 모두가 한바탕 웃음을 터뜨렸다.

우리는 미리 짜 놓은 일정 중 어떤 것은 취소하고 어떤 것은 추가했다. 다행히 넷이 어울려 다니는 게 생각처럼 어렵지 않았다. 린아네가 우리보다 일찍 방콕에 왔는데 신기하게도 가는 날은 딱 겹쳐 일정 조율하기가 더 쉬웠다. 길지 않은 시간이었지만 함께 웃고 떠들고 돌아다녔더니 정말로 가까워진 기분이 들어 묘했다.

마지막 날, 게스트 하우스에 맡겨 놨던 짐을 찾아 공항으로 향하는 길에 혜윰 이모는 차창을 열고 "방콕아, 안녕!" 하고 소리 질렀다. 엄마가 그걸 보고는 상긋 웃으며 덩달아 "방콕아, 잘 있어!" 하고 소리를 질렀다. 이렇게까지 장난기 넘치는 엄마는 처음이었다. 운전기사 아저씨가 놀란 표정을 짓더니 곧 "좋아, 좋아." 하고 한국말로 말해서 우리 모두 킥킥거렸다.

"엄마랑 혜윰 이모랑 왜 이렇게 잘 맞아?"

내가 놀리듯 묻자 둘은 성공했다는 듯 하이 파이브를 했고 린아랑 나는 고개를 절레절레 저었다. 공항에서 엄마랑 이모가 수속을 밟는 동안, 우리는 바닥에 아무렇게나 주저앉아 캄캄해진 밖을 내다봤다. 믿을 수 없을 만큼 사람이 많았고, 그렇게 많은 사람들 사이에 우리가 함께 있다는 게 잘 실감이 나지 않았다. 한국으로 돌아갈 생각을 하니 벌써 좀 아쉬웠다. 체구가 작고 웃음이 친절한 사람들, 화려한 태국 돈, 기호처럼 보이는 문자, 어디서나 차랑차랑 울리는 풍경 소리, 사원에서 풍기는 아릿하고 매캐한 향냄새. 모든 것이 종종 불쑥불쑥 떠오를 것 같았다.

"드디어 방콕도 끝이네. 돌아가면 뭐 할 거야?"

짐 가방을 괜스레 밀었다 당겼다 하며 린아가 물었다.

"그냥, 뭐. 2학기 준비?"

내가 말하고도 시시해 픽 웃고 말았다. 린아도 따라 웃었다.

"너 내가 말 건다고 막 도망가고 그러면 안 된다? 왠지 한국 가면 모른 척할 것 같아."

뜨끔한 나는 괜히 천장을 보며 볼을 긁적거렸다. '돌아가면 린아랑은 전처럼 어색해지겠지', 내심 생각하던 차에 딱 걸렸다. 나는 목이 마르다는 핑계를 대며 가방을 뒤져 라임 주스 병을 꺼내 한 모금 마시고 린아에게도 건넸다. 대놓고 딴청을 피우자 린아는 봐줬다는 듯 샐쭉 눈을 흘기곤 화제를 돌렸다.

"아, 사람 진짜 많다. 여기 있는 사람들은 거의 다 집으로 돌아가는 거겠지? 아님 다른 곳으로 또 떠나거나. 다들 뭔가를 잊기 위해 떠나는 걸까?"

단번에 주스를 마신 린아가 손에 턱을 괸 채 중얼거렸다.

"글쎄. 어떤 건 잊고 어떤 건 잊지 않으려고 떠나는 게 아닐까? 다 잊어버리면 좀 슬프니까."

나는 곰곰 생각하다 대답했다.

"엇, 너 처음으로 내 말에 제대로 대답해 준 것 같은데?"

린아가 빙글거리면서 놀리자 그제야 얼굴이 확 달아올랐다. 내 얼굴이 빨개지자 린아는 농담이라며 내 어깨를 두드리고는 다시 저 멀리 창 너머를 바라봤다. 잠잠해진 린아를 보고 있으니 우습게도 자꾸 다시 말을 걸고 싶어졌다. '너는 무엇을 잊고 싶었어? 무엇을 잊지 않고 싶었어?' 묻고 싶었다. 그리고 내가 잊고 싶은 것과 잊지 않고 싶은 것도 오래도록 설명해 주고 싶었다.

하지만 나는 그런 말들을 늘어놓는 대신 린아처럼 잠자코 바깥을 내다보았다. 불빛과 어둠이 공존하는 풍경을 하염없이 바라봤다. 만약 한국으로 돌아가서도 이곳에서처럼 린아와 솔직하게 이런저런 이야기들을 나누게 된다면, 그땐 무슨 얘기든 더 잘할 수 있을 것 같았다. 과연 그런 시간이 생길지 확신할 수 없었지만. 우리는 낯선 곳에서 성큼 가까워졌지만 익숙한 곳으로 돌아가면 그만큼 더 멀어질지도 몰랐다. 비겁하게 재고 있는 스스로가 한심했지만 어쩔 수 없었다.

"……할머니가 좋아하시겠다. 여기저기 구경 많이 하시고 집으로 돌아가셔서."

나는 간신히 용기를 내 그 말만은 전했다. 그 말마저 하지 않으면 내내 후회할 게 분명했다. 린아가 목걸이를 옷 위로 꺼내 손으로 꼭 한번 쥐었다. 그러고는 작게 "고마워." 하며 웃었다. 그때 멀리서 엄마와 혜윰 이모가 얼른 오라며 손짓했다. 우리는 벌떡 일어나 후다닥 짐을 챙겨 달려갔다.

진짜 집으로 돌아갈 시간이었다.

고백

약속 시간보다 일찍 나와 기다리는 건 나의 오랜 습관이었다. 모처럼의 출사라 이것저것 챙기고서도 30분이나 먼저 나오게 됐다. 등산로 입구에서 윤이랑 희주를 기다리는 동안 연보랏빛 오동나무 꽃과 흰 산딸나무 꽃을 찍었다. 엄마가 깜짝 선물로 새로 사 준 미러리스 카메라는 확실히 화질이 좋았다. 기분 탓인지는 몰라도 세상이 더 생생하게 보였다. 렌즈 너머로 보이는 환한 봄의 빛깔들은 언제 봐도 아름다웠다. 선명하게 찍힌 사진들을 확인하니 입꼬리가 저절로 올라갔다.

"한채경, 언제 왔어? 너 빨리 나올 줄 알고 맞춰서 온다고 왔는데."

15분쯤 지났을 때 저만치서 윤이가 손을 흔들며 달려왔다. 대체로 정각에 딱 맞춰 나오는 편인 윤이는 일찍 와 놓고도 미안한 표정을 지었다. 별 의미가 없는 줄 알면서도 나는 이럴 때 목덜미가 뜨거워졌다. 내 습관을 알고 맞춰 준다는 느낌이 들어 간질거렸다. 윤이는 양손에 들고 있던 보냉 백과 카메라 가방을 냉큼 내려놓고 내 손에서 카메라를 뺏어 갔다.

"오, 카메라 예쁜데. 잘 찍었네. 내가 제일 좋아하는 색깔만 모였군!"

사진을 휙휙 넘겨 보던 윤이가 연보라색 후드티를 쭉 앞으로 늘여 보이며 킥킥거렸다.

"대충 찍었어. 하여간에 의미 부여하는 거 좋아한다니까."

흔하디흔한 야생화 사진을 보고도 금세 저랑 연결 고리를 찾아내는 윤이가 귀여워 살며시 웃음이 났다. 별 생각 없이 웃다 고개를 든 나는 기겁하며 소리를 빽 질렀다.

"야, 너 얼굴이 왜 그래? 맞았어? 누가 그랬어?"

언뜻 봤을 땐 몰랐는데 가까이서 보니 윤이의 뺨 위쪽이 푸르죽죽했다. 자세히 보지 않으면 모를 만큼 옅었지만 분명 멍 자국이었다. 나도 모르게 손을 뻗어 뺨을 쓸어내리다가 "아야." 하는 소리에 화들짝 놀라 두어 걸음 물러났다. 방금은 너무, 가까웠다.

"에이, 별거 아니야. 어쩌다 그렇게 됐어."

윤이는 한쪽 눈썹만 찡그리며 웃곤 말을 돌렸다. 주로 곤란할 때 짓는 표정이었다. 진짜 별거 아닌 일인지, 별거 맞는 일인지 구별하기 어려웠다. 나는 손톱으로 손바닥을 꾹꾹 누르며 더 말을 걸지 말지 고민했다. 말하기 싫은데 억지로 들추고 싫진 않았지만 혹시라도 말을 못 하는 걸까 봐 더럭 겁이 났다. 그사이 윤이는 나한테 카메라를 돌려주고는 자기 카메라 가방을 열었다. 흰색 DSLR을 자랑하듯 올려 보여 주는 낯이 희맑았다.

"와, 봄인데 벌써 덥다. 등산하기도 전에 땀 난다. 희주 얘는 또 10분 늦겠지?"

윤이는 손으로 차양을 만들어 희고 깨끗한 이마에 갖다 댔다. 어룽거리는 봄볕이 그 위로 내려앉았다. 윤이의 속눈썹에 작은 그늘이 졌다. 느리게 눈을 깜빡이며 그 모습을 보다가 괜히 허리를 수그려 운동화 끈을 다시 맸다. 딴소리만 하는 걸 보니 지금은 때가 아닌 모양이다. 억지로라도 다그쳐 정확하게 묻고 싶은 마음을 단단히 묶었다.

"뭐야. 너희 벌써 왔어? 버스 놓쳐서 늦었다. 얼른 올라가자. 와, 배고파 죽을 것 같아."

윤이가 예언한 대로 딱 10분 늦게 도착한 희주는 헐레벌떡 뛰어왔다. 과장되게 숨을 몰아쉬며 "미안, 미안." 하고 사과했다. 우리를 한 번씩 안아 준 희주가 무작정 앞으로 걷기 시작했다. 그게 얄밉긴 했지만 아주 밉진 않았다. 윤이랑 나는 볼에 바람을 불어 넣어 "푸." 하고 동시에 고개를 절레절레 저으며 그 뒤를 자박자박 따라 걸었다.

날씨가 좋아 산은 사람들로 붐볐다. 등산로가 반듯하게 정비되어 있어 인기가 많았다. 우리는 중간쯤 올라가다 길을 틀었다. 등산객들이야 보이는 길로만 다니겠지만 우리는 아니었다. 어릴 때부터 줄곧 다닌 데라 곳곳에 나 있는 흙길이 어디로 이어지는지 빠삭했다. 엄마 아빠는 여고생들끼리 어딜 위험하게 쏘다니느냐고 질색했지만 이것저것 따지다 보면 할 수 있는 게 아무것도 없다. 밤 7시면 불이 꺼지는 우리 지역 시골길도, 새벽 내내 인공적인 불빛이 가득한 도시의 길도, 위험하기는 마찬가지였다. 어른들이 얘기하는 '여고생에게 안전한 장소'가 세상에 있긴 한가 싶었다.

등산로가 아닌 길은 가파르고 험했다. 걷다 보면 마른 흙들이 부스스 뭉텅이로 떨어지고 뾰족하게 튀어 나온 돌부리에 걸려 넘어질 뻔하기도 했다. 그래도 우리는 키득거리며 걸었다. 오르막길이 한참 이어지면 헉헉거리며 서로의 등을 떠밀었다. 그러다 종종 걸음을 멈추고 눈에 들어오는 장면을 찍었다. 빛이 쪼개져 쏟아지는 나뭇가지 사이, 마구잡이로 엉켜 드러난 뿌리, 하얗게 별 무리처럼 떨어져 있는 쥐똥나무 꽃잎⋯⋯. 누군가 슥 카메라를 들이대면 나머지 둘은 숨을 죽였다. 그래야 사진이 더 잘 찍히기라도 하는 듯이. 그럴 때 찾아드는 고요한 찰나는 묘하게 경이로웠다.

"아, 또 초점 나간 것 같은데. 아웃포커스로 찍으려다 망했어."

쭈그려 앉아 올망졸망 피어 있는 꽃마리를 찍던 희주가 울상을 지었다. 아날로그 감성을 좋아하는 희주는 수동 카메라로

필름 사진을 찍었다. 결과물을 확인하려면 인화를 해야 하는데 필름값이 워낙 비싸 조금만 잘못 찍은 것 같은 느낌이 들어도 우는소리를 했다. 나도 처음엔 아빠가 물려준 필름 카메라를 썼는데 사진을 인화할 때까지 기다리기가 벅차 포기했다.

"디지털카메라 쓰라니까. 삭제하고 다시 찍으면 얼마나 편해?"

윤이는 금방 찍은 사진들을 빠르게 지우며 말했다. 빛이 과하게 들어오거나 초점이 맞지 않은 사진들을 윤이는 그냥 두지 않았다. 바로 확인하고 그 자리에서 삭제했다. 지우지 못한 사진들로 SD카드를 꽉꽉 채우는 나랑은 참 달랐다.

"오오, 뭐야. 구도 대박인데?"

햇빛이 쨍한 날엔 조리개를 활짝 열면 안 되는 줄 알면서도 그대로 찍어 버려 아쉬워하고 있는데 윤이가 슬쩍 다가왔다. 포근한 섬유 유연제 향이 훅 끼쳤다. 나도 모르게 숨을 꾹 참았다. 윤이는 화면을 넘겨 보며 감탄을 아끼지 않았다.

"와, 이것도 뽑아서 네 방 벽에 붙여 놓으면 예쁘겠다."

나보다 한 뼘 정도 큰 윤이가 고개를 수그리며 눈이 휘어지게 웃었다. 나비 날개처럼 여리게 팔랑거리는 속눈썹을 가만 올려다보다 나는 주춤 물러났다. 빠듯하게 숨이 가빴다. 어쩐지 질식할 것 같았다. 빈 벽을 빼곡히 채워 가고 있는 사진들이 떠올랐다. 잠잠히 찾아오는 푸른 첫새벽, 모든 걸 물들여 버릴 듯 거칠게 번지는 저녁놀, 가볍게 숨을 불어 만들어 낸 비눗방울을 찍은 사진들이.

감미롭다. 황홀하다. 근사하다. 벽에 사진을 붙이며 작은 글씨로 써 놓은 문장들이었다. 그 말들을 윤이에게 하고 싶을 때마다 대신 사진을 찍어 보냈다. *예쁘지?* 자랑하듯 물으면 윤이는 곧장 *예뻐. 너무 예뻐.* 하고 답장을 보냈다. 나는 그 답장들을 수시로 들여다봤다. 그러면, 검푸른 물결을 가로지르는 포말처럼 경쾌한 목소리를 언제나 들을 수 있었다. 글자에도 소리가 있다는 걸 나는 알았다.

"우리 딸은 좋아하는 사람 없어?"

문득 사진 정리를 도와주다 조심스럽게 묻던 아빠가 떠올랐다. 한 해도 거르지 않고 내 성장 앨범을 만들어 온 아빠의 손놀림은 능숙했다. 나를 힐끔거리면서도 각이 전혀 흐트러지지 않았다.

"아, 말하기 싫으면 안 해도 돼. 멋진 남자 친구 생기면 밥이라도 한 끼 사 주고 싶어서 그러지."

그 짧은 새에 내 얼굴이 굳은 걸 알아챘는지 아빠는 곧바로 손사래를 쳤다. 별거 아니라는 투였지만 은근한 기대가 묻어나던 눈빛에 옅은 실망이 어렸다.

"물어보지 말라니까 기어이. 하여간 못 말려."

유난이라 타박하면서도 엄마는 피식 웃었다. 더도 말고 덜도 말고 너희 아빠 같은 남자만 데려오면 된다고 덧붙이는 엄마의 얼굴은 한낮에 찍은 사진처럼 환했다. 나는 말없이 가족 사진을 오래 내려다봤다. 카메라를 삼각대에 올려놓고 타이머를 설정해 찍은 사진은 솔직히 밋밋했다. 어깨동무를 한 엄마 아빠 사이에 선 나만 서름했다. 그럼에도 모서리 하나 구겨진 데 없는 그 사진은 꽤나 완벽해 보였다. 그걸, 내가 망치게 될까 봐 두려웠다.

"뭐야, 너네. 필름 카메라의 감수성을 이해하지 못하면 저리 가 있어."

잠깐 멍한 채 있던 나는 희주의 높은 목소리에 파뜩 정신을 차렸다. 우리만 가까이 붙어 있자 심통이 났는지 희주가 얼굴을 쑥 들이밀었다. 윤이는 크게 웃곤 평평한 바위 위에 점심 먹을 자리를 폈다. 나는 이리저리 꼬여 있는 카메라 스트랩을 험하게 움켜쥐었다. 뜨겁게 치받던 뭔가가 그제야 잠잠해졌다.

싸구려 돗자리를 대충 깔고 윤이가 가져온 도시락을 꺼냈다. 분식집을 하는 윤이네 아빠는 우리가 출사 갈 때마다 기꺼이 도시락을 싸 주셨다. 정갈하게 담긴 김밥은 모양도 맛도 끝내줬다.

"하. 이것 봐라, 이거 봐. 우리 아빠 심술. 하여간 알아줘야 해."

젓가락을 나눠 주던 윤이가 슬쩍 미간을 찌푸렸다. 색색의 고운 김밥 중 청양고추만 잔뜩 넣은 김밥 하나가 보였다. 일부러 넣은 게 분명한 매운 김밥이었다.

"너 뭐 잘못했냐? 얼굴에 그건 또 뭐고? 어따 찍었어?"

허겁지겁 김밥을 집어 먹던 희주가 윤이 눈가의 상처를 이제야 봤다는 듯 의아해하며 물었다. 멋쩍게 눈가를 문지르던 윤이가 대뜸 말했다.

"그게…… 나 커밍아웃 했어. 우리 아빠한테."

예상치 못한 말에 나는 그대로 굳어 버렸다.

"콜록콜록. 뭐?"

입안에 김밥을 욱여넣던 희주가 캑캑거렸다.

"왜? 갑자기 김밥 맛 떨어지냐?"

윤이는 태연하게 되물으며 나한테 이온 음료를 건넸다. 희주에게 전해 주라는 뜻이었는데 나는 차마 그걸 받지 못하고 윤이만 빤히 쳐다봤다. 내 심장 뛰는 소리가 너무 크게 들려 귀를 막고 싶었다. 온몸이 하나의 거대한 심장이 된 것 같았다. 혈관 하나하나가 팽창하는 느낌이었다.

"누굴 혐오자 취급이야."

내가 가만히 있자 성급하게 손을 뻗어 음료수 캔을 채 간 희주가 앉은 자리에서 단숨에 마셨다. 그러곤 잔뜩 흥분해 빈 캔을 짜부라뜨리며 따지다가 퍼뜩 고개를 저었다.

"헙, 잠깐. 너한테 뭐라 하는 게 아니고……. 설마 내가 그런 비슷한 말 한 적 있어? 혐오 발언?"

지금까지 했던 말들을 돌이켜 보는 듯 창백해진 희주가 입가를 감싸 쥐었다. 그러자 윤이가 픽 웃었다. 그렇게 반응할 줄 알았다는 듯. 하지만 나는 대번에 반문하는 희주 때문에 얼떨

떨했다. 혐오까진 아니더라도 크게 충격을 받거나 무슨 말을 해야 할지 몰라 절절맬 줄 알았는데……. 희주의 여상한 대꾸에 희한하게 안심이 됐다. 종아리에 쥐가 나도록 깨금발을 들고 종종거리다가 처음으로 땅에 발꿈치를 대어 본 느낌이 들었다. 그래도 완전히 편해지진 않았다. 뻣뻣하게 삐거덕거리는 몸을 어떻게 가눠야 할지 도통 알 수가 없었다.

"아니, 그럼 그거 맞은 거야? 너희 아빠 뭐냐? 신고해야 되는 거 아니야?"

희주가 또 발끈해서 주먹을 불끈 쥔 채로 따져 물었다. 윤이는 "그게 아니라." 하며 젓가락을 내려놓고 말을 이었다.

"아빠가 하도 뭐라 하길래 열받아서 뛰쳐나갔거든? 근데 발이 제대로 꼬인 거야. 벽에다 그대로 빡."

심각한 이야기를 윤이는 노래 부르듯 이어 갔다.

"근데 여기 멍든 거 보고 우리 아빠 울었다? 속상하대."

들썩이는 동그란 어깨, 짧게 웃음을 터뜨릴 때면 살짝 찌푸려졌다 펴지는 미간, 시원하게 벌어지는 작은 입술. 슬로 모션처럼 모든 게 아주 느릿하게 보였다. 나는 윤이를 힐끔거리기만 할 뿐 따라 웃지 못했다.

"왜 갑자기 그런…… 말을 했는데?"

나는 간신히 쥐어짜 내듯 물었다. 입안이 바짝바짝 타들어 갔다.

"아빠가 드라마 보다가 어떻게 여자가 여자를 좋아하느냐고 그러잖아. 그래서 에라 모르겠다 하고 아빠 딸 레즈니까 어디 가서 그런 말 하지 말라고 했지."

윤이가 다시 젓가락을 집어 들고 청양고추만 잔뜩 들어 있는 김밥을 헤집으며 무심히 말했다.

"그러니까 뭐래?"

희주가 눈을 동그랗게 뜨고 물었다.

"레즈가 뭐내."

간결한 윤이의 대답에 희주가 깔깔거리며 숨이 넘어가도록 웃어 댔다. 밥알이 여기저기로 튀었다. 평소 같았으면 같이 등을 두드리며 웃거나, 튀긴 밥풀을 떼어 내며 더럽다고 장난스럽게 통을 놓았을 텐데, 누가 나라는 존재를 지워 버린 것처럼 아무것도 할 수가 없었다.

"여자 좋아한다고, 여자! 그랬더니 난리 치더라고."

윤이랑 희주는 주거니 받거니 이야기를 이어 나갔다. 간간이 추임새를 넣긴 했지만 애들이 무슨 얘길 하는지 하나도 귀에 들어오질 않았다.

"너희도 편견 있을까 봐 걱정하긴 했는데, 그래도 비밀 만들기 싫어서 말하는 거야."

그새 김밥을 다 먹고 후식 과일을 꺼내 들며 윤이가 종알거렸다. 급격히 말수가 줄어든 나를 힐끗거리는 것 같기도 했다.

"편······견은 무슨. 그······ 커뮤니티 같은 데도 있대."

제발 자연스럽게 들리길 바라며 가까스로 말을 뱉었다. 어디서 주워들은 것처럼, 직접 찾아봤다고는 짐작도 할 수 없도록 은근슬쩍 말을 흘렸다. 억지로 집어 먹은 김밥이 명치끝에 걸린 듯 갑갑했다. 손날로 두어 번 가슴께를 치고 얼른 물을 들이켰다. 윤이는 방울토마토를 주섬주섬 꺼내 먹으며 고개를 끄덕였다.

"그러게. 나도 궁금해서 찾아봤어. 위기 지원 센터 같은 것도 있더라고. 근데 지방에선 그런 데 찾기도 어려운가 보더라."

"그럼 쉽겠냐? 이 사람 저 사람 다 아는데. 민희 언니도 봐. 소문 싹 났잖아."

밥을 다 먹고 새 필름을 감고 있던 희주가 끼어들었다. 나는 또 움찔했다. 3학년인 민희 언니는 학교에서 모르는 사람이 없을 만큼 유명했다. 이 좁은 지역 사회에서 언니의 커밍아웃은 큰 화젯거리였다. 옛날 같았으면 숟가락 젓가락 개수도 다 안다는 농담이 우습지 않은 동네에서 어떻게 용기를 냈는지 도무지 알 수 없었다. 나라면. 나였다면……. 눈앞이 자꾸 캄캄해졌다.

"안 그래도 마음고생 심했나 보더라. 친한 친구한테 아웃팅 당한 거래. 그래도 죽을 순 없으니까 내가 나인 걸 인정하자, 했대. 멋있지 않냐?"

깔끔하게 주변을 정리하고 일어나며 윤이가 히죽거렸다. 태평한 그 웃음에 이상하게 모욕적인 기분이 들었다.

"그런 건 또 어디서 들었냐?"

못 말린다는 듯 고개를 저으며 희주가 나머지 가방을 챙겼다. 나는 뭘 해야 할지 다 잊어버린 사람처럼 두어 걸음 물러나 보기만 했다. 윤이는 입가심이라며 주머니에서 작은 알사탕을 꺼내 하나씩 나눠 줬다. 그러곤 묘기를 보여 주겠다며 으스댔다. 껍질 깐 알사탕을 손바닥에 올려 두고 살짝 던지더니 홀랑 입으로 받아먹었다. 희주가 따라 한답시고 흉내 내다가 사탕을 떨어뜨렸다. 둘 다 동시에 키들거렸다. 나는 통째로 오려진 듯 도저히 그 사이에 낄 수가 없었다. 사탕을 꽉 쥐었다. 동그랗고 작은 게 손바닥을 꾹 아프게 눌렀다. 입술을 짓씹다가 눈썹을 문지르다가 초조하게 팔뚝을 쓸어내렸다. 내 몸의 모든 기관들이 따로 움직이는 것 같았다. 어디론가 도망가고 싶었다. 아웃팅. 죽을 순 없으니까. 그 말들이 조각난 채로 자꾸 내 귓가에 맴돌았다.

그때 윤이가 한 걸음 성큼 다가섰다. 희주까지 끌어당겨 곁에 세우자 우리 셋이 동그랗게 원을 그리며 가까워졌다. 금방 사탕을 까먹은 윤이에게서 달콤한 딸기 향이 났다.

"그게 있지…… 이거 비밀인데……. 진짜, 진짜 아무한테도 말하면 안 된다?"

주변에 아무도 없는 줄 알면서도 윤이는 사방을 두리번거렸다. 침을 한번 꼴깍 삼키고는 목소리를 최대한 낮춰 당부했다. 하도 뜸을 들이니 희주는 제 가슴을 쾅쾅 내리쳤다.

"뭔데 그래 또? 아, 하지 마, 하지 마. 안 듣는 게 낫겠다."

희주가 양 귀를 틀어막으며 고개를 내젓자 윤이가 살짝 눈을 흘겼다. 그러더니 다시 새초롬한 표정을 짓고는 입을 열었다.

"사실 나…… 받았어."

"받아? 뭘 받아?"

제대로 들리지 않을 만큼 작은 목소리에 희주가 답답하다는 듯 다그치자 윤이가 배시시 웃었다.

"고백."

순간 쿵, 심장이 떨어지는 소리를 들은 것 같았는데, 실제로 떨어뜨린 건 카메라였다. 손에서 미끄러진 카메라는 그대로 땅바닥에 처박혔다.

"야! 조심해야지. 그게 얼마짜린데. 안 깨졌어?"

눈이 휘둥그레진 희주가 얼른 카메라를 집어 들었다. 다행히 렌즈가 깨지진 않았다며 안도의 한숨을 쉬었다. 별로 묻지도 않은 흙을 털어 내느라 수선을 피웠다. 하지만 나는 붉어진 윤이의 얼굴만 빤히 쳐다봤다. 서비스 센터가 멀어 고장 나면 바로 고치지도 못할 텐데, 신경이 온통 다른 데 쏠려 수습할 생각을 할 겨를이 없었다.

"야, 뭔데? 누구한테 고백받았는데?"

카메라를 도로 나에게 넘겨준 희주가 호기심을 감추지 못하고 눈을 반짝였다. 윤이가 소리 없이 입 모양만으로 말했다.

"민, 희, 언, 니."

"진짜? 대박. 너 그래서 아빠한테 난리 친 거구나? 떨리든?

사귈 거야?"

희주가 방방 뛰며 꺅꺅거렸다.

"아니이. 내가 좋아하는 건 아닌데. 그래도 뭐 좋아한다고 하니까 괜히 신경 쓰이더라?"

작게 손부채질을 하는 윤이의 얼굴이 발그스름했다. 사탕을 녹여 먹느라 그새 색이 변한 분홍빛 혓바닥을 내밀어 보이며 윤이는 해사하게 웃었다. 그대로 간직하고 싶을 만큼, 영원히 기억하고 싶을 만큼 예쁜 웃음이었다.

'아, 이런 순간을 찍고 싶었는데.'

머릿속을 스친 문장을 억지로 지워 내며 카메라를 내려다봤다. 제법 세게 떨어뜨렸는데도 너무나 멀쩡한 카메라를.

'차라리 망가졌으면 좋았을 텐데. 그럼 아무도 찍고 싶지 않았을 텐데. 아무것도 찍지 못하게 됐을 텐데.'

어처구니없고 맥락 없는 상념들이 멈추지 않고 맴돌았다. 나는 더 이상 견디지 못하고 무작정 카메라 가방을 챙겨 들었다. 더는 이곳에 있을 수가 없었다. 차라리 온몸이 투명해져 이대로 사라져 버리면 좋겠다는 생각만 들었다.

"안 되겠다. 나 몸이 안 좋아서 먼저 내려갈게. 너희는 더 찍고 와."

변명으로 들릴 줄 알면서도 빠르게 돌아섰다. 시시덕거리고 있던 윤이랑 희주가 당황해하며 나를 돌아봤다.

"뭐야, 갑자기. 그냥 간다고?"

그대로 곧장 내려가려는 나를 잡으려 윤이가 손을 뻗었다.
이 손을 한 번이라도 잡아 보고 싶어 안달 내던 시간들이 떠올
랐다.

"손대지 마."

반사적으로 손을 쳐 내자 분위기가 삽시간에 얼어붙었다.

"야, 한채경!"

기어이 윤이의 목소리가 높아졌다. 윤이는 자음과 모음을
모나지 않게, 둥글게 발음하는 애였다. 그래서 윤이가 내 이름
을 부를 때면 나는 언제나 내 이름이 새롭게 느껴졌다. 그런데
지금, 윤이는 내 이름을 아주 날카롭게 불렀다. 그게 낯설고 서
러웠다.

"너 아까부터 이상해. 솔직히 말해 봐. 편견 있어?"

딱딱하게 굳은 얼굴로 윤이가 물었다. 내내 해맑기만 하던
희주도 잔뜩 긴장한 표정으로 어쩔 줄 모르고 서 있었다. 나
는 입 안쪽 살을 잘근잘근 씹다가 비릿한 맛이 날 때쯤 쏘아붙
였다.

"너는 왜 그렇게 입이 가벼워? 비밀이라며. 근데 왜 다 떠벌
리고 다녀?"

묻는 말에 대답하는 대신 뜬금없이 비난을 퍼붓자 윤이가
당혹스러워 하는 낯으로 헛웃음을 지었다.

"야, 언니가 말해도 된댔어. 그냥 내가 조심스러우니까 비밀
이라고 한 거지. 너희한테 비밀 만들기 싫다고 했잖아."

비밀. 그놈의 비밀. 돌연 모든 것들이 다 지긋지긋해졌다. 나는 그 비밀을 윤이가 어떻게 그렇게 쉽게 말할 수 있는지 알았다. 왜 겁내지 않는지 알고 있었다. 윤이에겐 절박함이 없었다. 진짜 자기 비밀이 아니니까. 어떻게든 꾸역꾸역 삼켜 내야만 하는 것이 아니니까.

"너는 뭐가 그렇게 다 쉬워?"

차갑게 묻자 윤이가 뭐라 대꾸하려다 입술만 달싹이고 말았다. 보기 좋은 호선을 그리며 올라가곤 하던 그 입술이 너무 또렷하게 보여 나는 질끈 눈을 감았다 떴다. 흑백 사진처럼 생기를 잃어버린 얼굴로 윤이가 나를 노려봤다.

"야, 왜 그래. 둘 다 진정해. 응?"

어쩔 줄 몰라 하며 말리는 희주의 목소리가 잘 들리지 않았다. 빛을 등지고 선 윤이의 상이 흐리게 보였다. 그 빛을 받고 있는 대상이 지나치게 아름다워 나는 당장에 카메라를 들고 싶었다. 폴라로이드를 갖고 있다면 곧장 사진을 찍어 바로 인쇄되어 나오는 그 필름을 그대로 찢고 싶었다. 너를 찍고 싶어. 너만 나온 사진을 나만 갖고 싶어. 누구에게도 보여 주고 싶지 않아. ……폐기될 사진들을 잔뜩 모아 두는 습관처럼, 나는 내가 초라했다.

"……네가 싫어."

"뭐?"

"네가 너무, 너무 싫다고."

막을 새도 없이 멋대로 말이 튀어나왔다. 내가 단지 나로 존재하기 위해 선별하고 숨겨야 하는 것들을, 윤이는 영영 모를 것이다. 그렇게 단정 지은 순간 빗장뼈가 빠듯하게 아팠다. 형태를 갖추지 못하고 내 안에서만 바스라지고 흩어지는 말들이 나를 찔러 댔다. 잘 알지도 못하면서 제멋대로 윤이를 판단하고야 마는 내가 너무, 너무 싫었다.

나는 가물거리는 눈을 똑바로 뜨려 노력했다. 하지만 이제 내 앞에 선 윤이가 어떤 표정을 짓고 있는지조차 알 방도가 없었다. 너무 눈부신 빛은 시야를 흐리게 만드니까.

"필름 통 뚜껑 함부로 열다 빛이 새어 들어갔을 때 방법은 하나밖에 없어. 버리는 거."

언젠가 희주가 뾰로통하게 투덜거리던 게 떠올랐다. 작은 실수 하나 때문에 돈을 날렸다며 툴툴하더니 "뭐 어쩔 수 없지. 필카의 매력을 포기할 순 없으니까." 하며 어깨를 으쓱했다. 손때 묻은 아빠의 카메라를 서랍에 넣어 버렸던 날의 기억도 되살아났다. 아빠가 내심 서운해할 줄 알았지만 나는 희주처럼 의연할 자신이 없었다. 필름을 망칠까 봐, 기껏 찍은 사진이 엉망일까 봐 매번 겁이 났다.

버리는 것. 그게 유일한 방법이라면 지금 돌아서는 수밖에 없었다. 모든 걸 망쳐 버렸으니까. 하지만……. 나는 다시 손에 들린 묵직한 카메라를 내려다봤다. 여전히 너무나 멀쩡한 카메라를. 불현듯, 연둣빛 이파리에 온화한 빛이 스미는 광경을 몇 번씩 새로 찍으며 윤이가 했던 말이 떠올랐다.

"난 내 카메라가 좋아. 내 마음에 드는 순간을 찾을 때까지 얼마든지 지우고 다시 찍을 수 있잖아."

어째서일까. 윤이의 렌즈는 한 번도 나를 향한 적이 없는데도 어쩐지 그 말에 매달리고 싶었다. 옷소매를 당겨 눈물을 문질러 닦았다. 뿌옇던 시야가 선명해졌다. 그제야 윤이의 표정이 똑바로 눈에 들어왔다. 앞뒤 없이 내가 뱉은 말에 깊숙이 베인 윤이는 하얗게 질려 있었다. 속이 시큰거렸다.

"취소할래."

"뭐?"

"방금 그 말 취소한다고."

다짜고짜 말을 번복하며 우겨 대는 나를 보며 윤이는 황당하다는 듯 이마를 짚었다. 얘가 대체 왜 이러나 싶을 터였다. 내가 윤이였어도 그럴 것 같았다. 이토록 엉망진창인 감정을 이해할 수 있을 리 없었다. 우리 둘 사이에서 어리둥절해진 희주는 이쯤에서 빠져야겠다 싶었는지 저만치 물러났다. 나는 신중하게 숨을 골랐다.

'정윤이, 이번엔 아무한테도 말하지 마. 이건 진짜 비밀이니까.'

은밀하게 속삭이며 다짐을 받고 싶었지만 목 끝까지 치민 말을 힘겹게 꿀걱 삼켰다. 솔직히는 끈질기게 나를 내리누르는 비밀의 무게를 윤이에게 전가시키고 싶었다. 윤이를 무겁게 하고 싶었다. 그러나 그 말들은 차마 지우지 못한 사진들처럼 내 안에 고스란히 두기로 했다. 그 대신 나는 제일 하고 싶었던 말을 했다.

"나도 너 좋아해."

짤막한, 고백을 했다.

환한 밤

붉은 반점들이 또 올라왔다. 가려움을 참지 못하고 벅벅 긁자 반점이 손바닥만 한 크기로 번졌다. 피부과에서 받아온 스테로이드 연고는 바를 때만 잠깐이었다. 화끈거리는 열감이 느껴졌다.

"먹는 거 조심하고 운동도 좀 해. 면역력 문제면 병원 다녀도 소용없어."

화장실 문 앞에서 스쿼트를 하던 재희가 숨을 몰아쉬며 말했다.

"알아서 할 테니까 신경 꺼. 넌 도장에서 운동 많이 하지 않았어?"

나는 좌식 화장대 위에 연고를 소리 나게 올려놓으며 신경질적으로 물었다. 안 그래도 짜증스러운 일투성이인데 좁아터진 방에서 매일 운동을 해 대니 거슬릴 수밖에 없었다. 내가 질색을 하든 말든 땀을 뚝뚝 흘리며 반쯤 앉았다 일어났다 반복하는 모습을 보자 기가 질렸다. 미국 학교 기록으로는 전학 처리가 어려워 검정고시를 봐야 한다기에, 어차피 나도 해야 해서 같이 준비하면 되겠다 했더니 그건 죄다 뒷전이었다.

요즈음 재희는 종일 도장에 붙어살았다. 다음 달 초에 열리는 전국 중·고등 신인 복싱 선수권 대회에 출전한다고 했다. 읍내에 하나뿐인 복싱 도장 관장님은 인재가 들어왔다며 싱글벙글이었다. 다달이 돈을 내는 대신 오후에 아이들을 가르치는 모양이었다. 재희는 집에 와서도 맨몸 운동을 했다. 윗몸 일으키기며 팔 굽혀 펴기를 기본 백 개 이상씩 하는 것 같았다. 아무리 어릴 때부터 해 왔다지만 열일곱 살의 체력이라고는 도저히 믿기지 않았다. 악바리가 따로 없었다.

"최대한 안 거슬리게 구석에서만 하잖아. 그러지 말고 언제 스텝이라도 한번 밟아 봐. 내가 볼 때 언닌 좀 가벼워질 필요가 있어."

재희는 땀에 젖은 머리칼을 수건으로 탁탁 털어 내곤 곧장 화장실로 들어갔다. 또 보일러도 틀지 않고 찬물로 대충 씻고 나오겠지. 싸구려 비누 하나로 바투 자른 머리칼부터 발꿈치까지 빠르게 씻어 내는 걸 보고 처음엔 어이가 없어 잔소리를 했지만 이젠 그러려니 했다. 뜬금없이 같이 살게 된 동생과 괜스레 두어 마디 섞다 싸우고 싶진 않았다.

—이번 달 월세도 보증금에서 깠어. 계속 밀리면 방 내놓는대.

연락 줘.

아빠에게 문자를 남겨 뒀지만 답장을 기대하진 않았다. 어차피 내키는 대로 사는 사람이었다. 짜증이 치밀수록 피부가 더 가려웠다. 거울을 보자 목덜미까지 울긋불긋해졌다. 이런 몰골로는 현수도 만날 수 없다. 벌써 2주째 데이트를 미루자 현수는 혹시 다른 남자라도 생겼느냐며 다그치기 시작했다.

'그럴 시간도 돈도 기력도 없는데.'

말도 안 되는 현수의 질투에 헛웃음이 나왔지만 일일이 설명하기도 귀찮았다. 검정고시가 코앞이었고 아홉 살 때 연락이 끊겼던 동생은 혼자 쓰기에도 좁은 원룸에 갑자기 들이닥쳤다. 이제 우리 가족 다 같이 모여 살자며 눈물을 흘리던 아빠는 또 연락이 없었다. 이 기막힌 상황들을 뻔히 알면서 현수는 연신 징징거렸다. 심심하면 우리 집에서 자고 갔는데 이제 재희가 있어 드나들 수 없으니 아쉬운 모양이었다. 숙박 예약 앱에서 링크를 연달아 보내며 우는 시늉을 하는데 솔직히 좀 지겨웠다. 단속이 심해져 가짜 신분증을 챙기는 것도 성가셨고, 몸에 난 두드러기들을 어떻게든 가라앉혀 보려는 것도 피곤했다. 알레르기 약만으로도 지치는데 피임약까지 챙길 생각을 하니 아득해졌다.

'진작 헤어질걸. 집을 괜히 알려 줘서는.'

대충 듣던 인터넷 강의를 끄고 지갑과 옷을 챙겼다. 벌써 알바 갈 때였다. 실체도 없는 시간이 획획 잘도 흘렀다.

"나갔다 온다. 문단속 잘하고 일찍 자."

내가 뱉고도 어이가 없을 정도로 보호자 같은 말투였다. 막 씻고 나오던 재희는 어떻게 반응해야 할지 모르겠단 표정으로 고개를 끄덕였다. 그 모습이 퍽 유순해 보였다. '키 120센티미터 이하 탑승 불가'에 걸려 놀이기구를 타지 못하고 울음을 터뜨리던 일곱 살 꼬마는 10년 사이에 훌쩍 커서 모르는 얼굴로 나타났다. 단출한 트렁크와 옆으로 매는 커다란 스포츠 가방 하나를 들고 원룸 앞에 멀뚱히 서 있던 모습이 눈에 선했다.

아빠는 가끔 재희 얘기를 하곤 했다. 이혼 후 외국으로 간 엄마가 애를 외할머니한테만 맡겨 놓고 들여다보지도 않는 것 같다고 고개를 절레절레 저었다. "아빠나 잘해." 하면 민망해하며 입을 다물었지만.

외할머니가 돌아가셨다는 연락을 받고 미국에 다녀오며 아빠는 재희를 데려왔다. "가서 언니랑 살래?" 물었더니 두 번 고민도 않고 고개를 끄덕였단다. 이런 비린내 나는 시골구석에, 이렇게 비좁은 한 평 반짜리 원룸에서 덜렁 둘이 살게 될 줄 알았어도 재희가 냉큼 따라왔을까? 아빠는 대체 무슨 생각으로 나한테 묻지도 않고 애를 데려온 걸까? 여권도 생전 처음 만든 아빠가 어떻게 온갖 서류를 처리하고 재희와 함께 귀국했는지도 의문이었다. 하도 답답해 엄마에게 장문의 메일을 보내 봤지만 답장은 없었다. 생각해 봤자 어차피 점점 더 갑갑해지기만 할 뿐이라 나는 차라리 생각하길 포기하기로 했다.

원룸이 있는 골목에서 빠져나와 선착장까지 터벅터벅 걸었다. 가을이라고 저녁이 되니 제법 날씨가 쌀쌀했다. 죽 늘어선 빈 배들 뒤로 붉은 노을이 지는 모습은 언제 봐도 아름다웠다. 하지만 고등학교 입학 선물로 받은 싸구려 재킷을 한껏 여미며 한적한 길가를 빠르게 걸을 때 필요한 건 낭만이 아니었다. 읍사무소에 그렇게 민원을 넣었는데도 가로등과 CCTV는 더 설치되지 않았다. 어차피 무슨 일이 생기고 나면 소용도 없겠지만 그래도 매일 오가는 길이 조금만 더 안전하게 느껴졌으면 했다.

값싼 땅에 덩그러니 지어 놓은 원룸 건물은 위치가 애매했다. 캄캄하고 휑한 갓길을 15분쯤 걸어가야 선착장이 나왔다. 선착장 주변은 횟집, 술집, 모텔 들이 모여 있어 화려한 불빛이 번쩍거리고 사람들로 붐볐다. 다만 거기까지 가는 길이 문제라는 걸 누구도 공감해 주지 않았다. 원룸에 현수를 들이기 시작한 것도 이 길을 혼자 걷기가 싫어서였다. 잘 가다가 갑자기 멈춰 한참 서 있는 차를 보고 놀라 달아나듯 뛰지 않아도 되니까.

알바를 하는 횟집엔 오늘도 손님이 거의 없었다. 싼 막회 한 접시 시켜 놓고 소주 몇 병 마시는 손님이 다였다. 그러나 손님이 없어도 할 일이 없진 않았다. 혼자 주문받고 홀 서빙을 하고 매장 청소까지 하려니 팔다리가 욱신거렸다. 특히 횟집 그릇들은 유독 무거워서 손목이 자주 아렸다. 메뉴가 몇 개 없어 주문 받기가 쉽고, 시급이 높고, 술 취한 사람들한테 가끔

팁을 받을 수 있고. 이만한 일자리가 없다고 되뇌지만 새벽마다 혼자 어두운 길을 걸어 다니다 보면 불쑥 다 그만두고 싶어졌다.

하지만 당장 일을 그만둔다고 생각하면 막막했다. 이곳에선 사정사정해서 당일에 돈을 받는데, 다른 데서도 사정을 봐줄지 알 수 없었다. 대부분은 며칠 하고 그만둘까 봐 월급제로 주니까. 나는 도저히 그 한 달을 기다릴 수가 없었다. 기초 생활 수급비가 내 앞으로 나오는 게 아니라서 아빠가 일방적으로 연락을 끊으면 매번 허덕였다. 게다가 하염없이 전단지를 뒤지다 면접이랍시고 가서 아쉬운 소리를 늘어놓고 있을 상상을 하면 숨이 턱 막히는 기분이었다.

지금이 9월 중순이니까…… 10월, 11월, 12월. 세 달만 참으면, 스무 살이 되면, 뭔가가 달라질까? 성인이 된다는 건 무슨 뜻일까. 적어도 나 하나는 책임질 수 있다는 의미일까? 난 이미 오래전부터 나를 책임지고 있었던 것 같은데. 아무리 고민을 해 봐도 늘 답은 보이지 않았다. 열아홉과 스물. 그 경계에 서서 나는 그저 비틀거리고 있었다.

뒷정리를 마치니 새벽 5시 반이었다. 끝나는 시간은 원래 5시인데 마무리 청소를 하고 나면 꼭 시간이 넘었다. 그걸 뻔히 알면서도 사장님은 추가 수당 얘기를 꺼내는 법이 없었다. 문을 잠그고 돌아서는데 벽 쪽에 누가 기대서 있었다. 얼굴은 보이지 않고 몸만 시커멓게 보여서 하마터면 비명을 지를 뻔했다. 신고를 해야 할지도 몰라 휴대폰을 세게 쥐는데 그 인영이 성큼 걸어왔다. 현수였다.

"왜 전화 안 받아? 열 통도 넘게 했는데."

"일하는 중인 거 알잖아. 이 시간에 여기까진 왜 왔어? 곧 있음 수능인데 공부 안 해?"

순간적으로 온갖 불길한 뉴스들을 떠올린 터라 목소리가 좋게 나가질 않았다. 서운하다는 듯 표정을 구기는 현수를 봐도 아무 감정이 없었다.

"공부가 돼야 하지. 아, 됐어. 재수하지, 뭐. 수능 끝나고는 안 빼고 가 줄 거지?"

능글맞게 웃으며 얼굴을 들이미는 모습을 보자 기분이 나빴다. 놀란 줄 알면서도 사과하지 않는 게 불편했다. 별다른 대꾸도 없이 빠른 걸음으로 걷자 현수가 뒤쫓아 왔다.

"뭐야. 왜 그러는데. 기껏 여기까지 와서 너 끝날 때까지 기다려 줬더니."

'내가 그렇게 해 달라고 빌기라도 했니?' 쏘아붙이고 싶은 말을 또 삼켰다. 하고 싶은 말을 삼켜서인지 어김없이 목덜미가 가려웠다. 오돌토돌 살갗이 일어나고 벗겨진 걸 느끼면서도 긁자 손톱 끝에 피가 묻어났다. 꺼지지 않던 선착장의 불빛들이 멀어지고 원룸으로 가는 어두운 길이 나타났다.

"같이 걸으니까 덜 무섭지?"

현수는 으스대듯 말하며 내 어깨에 제 팔을 둘렀다. 묵직한 무게가 희한하게 거슬렸다. 나는 그 팔을 억지로 내리며 불퉁하게 대꾸했다.

"불쑥 찾아오고 그러지 마. 나도 내년 시험 준비해야 돼."

"검정고시잖아. 어차피 통과하겠지. 그러니까 자퇴를 왜 하냐? 좀만 버티면 졸업인데."

길게 하품하며 대수롭지 않게 받아치는 현수를 보자 얼굴에 미미한 실금이 가는 것 같은 기분이 들었다. 내가 어떤 표정을 짓고 있는지 가늠할 수가 없었다. 사방이 어두워 다행이란 생각이 들었다.

자퇴는 충동적인 결정이었다. 하지만 그 충동이 갑자기 생긴 건 아니었다. 나는 교실 한구석에 덩그러니 앉아 대부분 책상에 엎드려 있었다. 부패한 생선 따위처럼 썩어 가고 있는 것 같던 날들의 감각이 떠오르자 기분이 훅 나빠졌다. 나는 걸음을 멈추고 현수를 올려다봤다.

"우리, 그만 만날까?"

휴대폰 불빛을 켜고 이리저리 흔들며 장난을 치던 현수의 얼굴이 험하게 굳어졌다. 2년 남짓 사귀는 동안 한 번도 본 적 없는 표정은 아니었다. 뭔가가 뜻대로 풀리지 않을 때, 같은 말을 서너 번 반복해야 할 때, 이유 없이 기분이 상해 욕설을 내뱉을 때. 현수는 종종 그런 표정을 지었다. 도저히 용납할 수 없다는 듯이.

"딴 애 생긴 거 맞구나? 누구야? 나도 아는 애야?"

덩달아 걸음을 멈춘 현수가 내 앞에 바짝 다가서며 물었다. 대뜸 말을 뱉어놓고 당황한 나는 두어 걸음 물러났다. 내내 하고 싶은 말이긴 했지만 이런 시간에 이런 곳에서 할 생각은 없었다. 말을 삼키는 건 너무나 익숙했기 때문에 이번에도 알약 삼키듯 꿀꺽 삼켜 버리면 될 줄 알았는데. 나는 표 나지 않게 주위를 두리번거렸다. 아직 새벽빛도 없는 길가에는 아무도 없었다. 머리칼이 쭈뼛 서는 기분이 들며 등줄기가 서늘해졌다. 나는 손등을 쥐어 파며 더듬더듬 말을 이었다.

"아니, 네가 힘들어하는 것 같아서 그렇지. 나 요새 피부도 별로고. 네 말대로 곧 있음 졸업인데. 너 대학 가면 멀어지기도 할 테고."

서둘러 변명을 늘어놓자 현수가 가볍게 한숨을 쉬었다.

"벌써부터 왜 그런 생각을 해. 쫌만 기다려. 대학 가면 내가 알바해서 너 피부 싹 고쳐 줄게. 그러니까 그런 말 꺼내지도 마. 완전 심장 쪼그라드는 줄 알았다고."

현수는 다시 휴대폰 불빛을 빙글빙글 돌리며 짤막한 욕설을 습관처럼 뱉어 댔다. 딴에는 놀란 마음을 달래려 하는 것 같았지만 내게는 위협적으로만 느껴졌다. 네가 내 피부를 무슨 수로 고쳐 주냐고, 숙박비도 반반 하자 해놓고 매번 나한테 내라고 하지 않느냐고 따지고 싶었지만 이번엔 가까스로 삼킬 수 있었다. 어쩐지 목이 꽉 졸리는 기분이 들어 걸음을 더 빨리했다. 아무리 재게 걸어도 성큼성큼 걷는 현수를 앞지를 수 없는 줄 알면서도. 현수는 기분이 풀렸는지 묻지 않은 말들을 계속 했다. 집까지 가는 길이 너무나 멀게 느껴졌다.

어째서 새벽은 이다지도 캄캄할까. 왜 하필 이 길은 이렇게 인적이 드문 걸까. 나는 왜 야간 아르바이트를 하지 않으면 생활이 안 되는 걸까. 뭔가가 자꾸 울컥 치밀어 오르는데 그 감정이 무엇인지 도무지 설명할 수가 없었다. 이 지겨운 모든 게 끝났으면 좋겠다는 생각만 들었다. 그때, 저만치서 누군가 뛰어오는 게 보였다. 모자를 푹 눌러쓰고 달려오고 있는 사람은 재희였다.

"너…… 왜 나와 있어. 이 새벽에."

갑작스러운 재희의 등장에 나는 현수를 힐끔거렸다. 여동생이 생겼다는 말은 했지만 둘이 만날 일이 있으리라곤 생각해 본 적이 없었다.

"스트레칭이랑 조깅 좀 하느라. 이쪽은 남친?"

재희는 현수를 고갯짓으로 가리키며 대꾸했다. 성의 없는 그 행동에 현수는 기분이 상한 듯했다. 나는 대충 인사를 시키고 재희의 팔을 잡아끌었다.

"야, 너 이제 학교 가야지. 등교 시간 다 돼 가는데. 얼른 가 봐. 나중에 보자."

나는 꼼짝도 않은 채 현수를 위아래로 훑어보는 재희의 등을 억지로 떠밀었다. 애써 웃으며 현수에게 인사를 하려니 입가에 경련이 일었다. 운동하는 애라 그런가? 땀에 젖어 축축한 재희의 등은 근육이 잡혀 판판했다.

"왜 이래? 뭐 죄졌어?"

떠미는 대로 순순히 집까지 들어온 재희는 문이 닫히자 인상을 썼다.

"넌 대체! 그 시간에 거긴 왜 나와 있어? 얼굴 터서 좋을 게 뭐 있다고!"

"트면 안 될 건 뭔데?"

재희는 태연하게 되물었다. 천연덕스러운 대구에 할 말을 잃었다. 하마터면 "위험하잖아!" 하고 소리칠 뻔했다. 위험할까 봐 남자 친구를 소개해 줄 수 없다는 말은 어떻게 봐도 이상했다. 더 말을 주고받았다간 질질 끌려 다니는 나를 비웃을 것 같았다.

"복잡한 가정사 구질구질 늘어놓기 싫어."

결국 평계로 댄 건 재희와 나의 관계였다. 역시나 재희는 그대로 입을 다물었다. 나는 그런 재희를 지나쳐 화장실로 들어갔다. 손발과 얼굴만 대충 씻고 나오자 가방을 챙기고 있는 재희가 보였다. 등을 수그린 모습이 구겨져 있는 짐과 비슷했다.

"여기 새벽에 사람 잘 안 다녀. 할머니들도 7시는 넘어야 오가시니까 밝아지면 나와."

좀 누그러진 목소리로 말하자 재희가 씨근덕거리며 돌아봤다.

"그러는 언니는 왜 그 시간에 다니는데?"

따지듯 묻는 재희의 표정은 억울해 보이기도 하고 속상해

보이기도 했다. 일하느라 나가는 줄 뻔히 알면서 묻는 게 어이
없어 대답 대신 침대에 벌러덩 누워 버렸다. 더 상대하기엔 너
무나 피곤했다.

그날 이후 재희는 시위하듯 새벽마다 나를 마중 나왔다. 주
위를 몇 바퀴나 뛰었는지 땀에 흠뻑 젖은 채로 머리칼을 털어
대는 재희에게 몇 번 더 말을 해도 먹히지 않아 그만뒀다. 현
수는 그 뒤로 연락이 없었다. 모의고사를 봤을 테니 지금쯤 성
적 때문에 머리를 쥐어 싸매고 있을지도 몰랐다. 차라리 이대
로 은근슬쩍 연락이 끊기면 좋겠다는 생각에 나도 내버려둔
채였다.

"이모! 여기 한 병 더. 아, 이모가 아니라 아가씨네. 우리 아
가씨 몇 살?"

얼큰하게 취한 아저씨 한 명이 껄렁거리며 나를 불렀다. 수
작이 뻔했지만 일하는 중에 문제를 일으킬 순 없었다.

"아저씨 좋은 거 있는데 줄까?"

아저씨는 불콰한 얼굴로 주섬주섬 주머니를 뒤지더니 노란
고무줄 하나를 꺼냈다. 상대하고 싶지 않아 소주병을 내려놓
고 돌아서는데 그 아저씨가 손목을 낚아챘다.

"여기 좀 봐 봐. 예쁘게 리본 묶어 줄게."

"뭐예요? 놔요!"

나는 바로 거세게 손을 뿌리쳤다. 잔뜩 취한 상태여서 힘 조
절이 안 되는지 그 잠깐 새에 손목에 자국이 남았다. 욕이 절

로 나왔다.

"아, 좀! 얌전히 드시고 갑시다. 경찰 불러요?"

분위기가 험악해지자 사장님이 달려와 나를 뒤로 물러서게 했다. 경찰 운운하며 우악스럽게 으박지르자 남자가 "아니이, 그냥 얼굴 한번 보려고 했지……. 딸 같은데 힘든 일 하는 게 장해서." 하고 웅얼거렸다. 저 지겨운 딸 타령. 입술을 깨물며 아저씨를 노려봤다. 사장님은 일을 키우기 싫은지 부엌이나 가 보라며 내 등을 떠밀었다. 초장과 간장, 와사비로 범벅인 접시들을 씻으며 나는 입술을 짓씹었다. 술 취한 아저씨한테 욕을 퍼부어 줬어야 하는데. 제때 하지 못한 말들은 목 안쪽 연한 살에 꽂힌 생선 가시처럼 두고두고 나를 찔렀다. 상대방이 잘못한 건데도, 제대로 따지지 못한 내가 미웠다.

한참 설거지거리에 분을 쏟고 있는데 사장님이 부엌 안으로 들어왔다. 새로 주문받았는지 넓적한 광어 한 마리를 손질했다. 섬세하게 회를 떠 접시에 옮겨 담던 사장님은 힐끗 홀 쪽을 내다보더니 작은 살점 하나를 초장에 푹 찍어 내 입에 갖다 댔다. 선뜻 받아먹지 못하고 망설이자 사장님이 다그치듯 손을 흔들었다. 그제야 나는 작게 입을 벌렸다. 싱싱한 회의 달큼하고 비린 맛과 초장의 시큼한 맛이 입안에 퍼졌다.

"그런 거 일일이 다 신경 썼다간 못 배겨. 특히 여자애들은. 아무리 간수를 잘해도 껄떡대는 것들이 있어요. 뭔 일이 있어도 네 탓은 아니니까 맘 단단히 먹고 살어."

밖에서 재촉하는 소리에 사장님은 "네, 네, 나갑니다." 하며 능숙하게 접시를 옮겼다. 나는 사장님이 나가는 걸 확인하고 나서야 남은 살점을 몰래 휴지에 싸서 버렸다. 부엌에서 진동하는 비린내 때문에 역겨웠다. 목 안이 간지럽고 속이 울렁거렸다. 입술이 약간 부푸는 게 느껴졌다. 열이 오른 입가를 벅벅 긁다가 입안에 남은 회의 맛을 지워 보려고 보리차 한 잔을 급하게 들이켰다. 주머니에 넣고 다니는 손톱 끝만큼 작은 알레르기 약도 얼른 꺼내 먹었다. 회 못 먹는다는 말 한마디를 못 해 매번 약을 달고 사는 내가 지긋지긋했다.

한가한 횟집도 유난히 바쁠 때가 있듯, 비슷한 일상 속에서도 유독 지치는 날이 있다. 문단속을 하고 나오려는데 왈칵 감정이 올라와 자물쇠를 쥐고 한참 서 있었다. 아까 아저씨한테 잡혔던 팔목에 벌레들이 기어다니는 것 같았다. 살갗이 벌겋게 일어날 때까지 벅벅 문지르다 가까스로 돌아섰다. 그런데 건너편 차도 쪽에서 누군가 실랑이를 하고 있었다. 어쩐지 불길한 기분에 얼른 달려가 보니 익숙한 얼굴들이 보였다.

"야, 너희 거기서 뭐 해?"

서로 어깨를 떠밀며 멱살을 틀어쥐고 있는 사람은 재희랑 현수였다. 익숙한 운동복 차림의 재희와 시커먼 모자를 눌러쓴 현수가 언성을 높이며 씩씩거리고 있었다. 뒷정리를 하던 가게 사람들까지 모여들었다. 격앙된 현수가 손을 올리자 재희는 곧장 중심을 낮췄다. 누가 봐도 운동하는 표가 나는 자세였다. 누구라도 한 대 치면 일이 커질 수밖에 없었다.

"그만해. 왜들 이래?"

다급히 재희의 앞을 가로막고 끼어들었다. 현수는 오만상을 쓴 채 재희를 노려봤다.

"네 동생이 누굴 스토커 취급하잖아! 야, 똑바로 말해. 내가 너 강제로 따라다녔어?"

현수가 내 눈앞에 얼굴을 바짝 들이대며 윽박질렀다. 시선이 쏠리고 현수의 거친 숨소리가 지나치게 가까이에서 들리자 심장이 걷잡을 수 없이 쿵쾅거리기 시작했다. 귓가에서 박동 소리가 쿵쿵 울렸다.

"떨어져서 말해. 멋대로 연락하고 갑자기 찾아와서 음침한 데 숨어 있고. 그게 스토커 아님 뭔데?"

재희는 굳어 있는 나를 제 뒤로 서게 하며 따지듯 물었다.

"연락을 무시하니까 찾아온 거지! 전화를 몇 백 통을 걸었는데!"

현수가 황당하다는 듯 나를 쏘아봤다. 휴대폰을 쥐고 있던 손이 벌벌 떨렸다. 그제야 내가 그날 현수 번호를 수신 차단한 게 떠올랐다. 그래 놓고 기억 속에서 까맣게 지워 버렸다는 게 나도 이해가 되질 않았다. 머릿속이 새하얘졌다.

"귀찮았나 보지. 전화 안 받는다고 몇 백 통씩 거는 것도 제정신은 아니거든?"

재희는 한 치도 물러서지 않고 되받아쳤다. 그 모습을 보는

데 문득 어릴 때 일이 떠올랐다. 나는 어릴 때도 누가 다그치면 입을 꾹 다물고 눈물만 뚝뚝 떨구곤 했는데, 답답해하는 어른들에게 재희는 "우리 언니 괴롭히지 마세요!"라고 야무지게 쏘아붙였다. 키가 지금의 반밖에 되지 않았는데도 내 앞을 척 가로막고 당돌하게 말했다. 어른들은 그런 재희를 보며 쪼끄만 게 되바라졌다고 혀를 찼지만, 나는 재희가 나를 지켜 주려 했음을 알고 있었다. 꾸준히 운동을 하지 않았더라도, 현수가 지금보다 큰 덩치였어도, 재희는 내 앞을 가로막았을 거다. 보호받고 있다,는 감각이 들자 뿌옇기만 하던 눈앞이 또렷해지는 것 같았다. 나는 심호흡을 하고 재희의 팔을 끌었다. 그리고 현수를 올려다봤다.

"너랑 헤어지고 싶은데 말이 안 나왔어. 네가 우리 집이랑 일하는 데 다 알고 있으니까. 무서웠어."

매번 꾸역꾸역 삼켰던 말을 간신히 뱉었다. 온몸이 자잘하게 떨렸지만 혼자가 아니라는 생각이 들자 용기가 났다. 현수는 크게 충격받은 표정이었다. 웅성이며 모여들었던 사람들은 별일이 아닌 것 같자 이내 뿔뿔이 흩어졌다. 우리 셋만 말없이 한참 서 있었다.

"내가, 뭘 어떻게 하면 돼?"

손등으로 입을 막고 서 있던 현수가 더듬거리며 물었다. 나는 그저 고개를 저었다. 현수와 좋았던 날들이 빠르게 스쳐 지나가고 더는 현수를 참을 수 없어진 날들이 떠올랐다. 어디서부터 무엇이 잘못되었는지 도무지 알 수가 없었다. 그냥, 지금의 나는 모든 게 버겁기만 했다.

"미안."

다시 한번 사과하자 현수는 고개를 떨궜다.

"앞으로 연락 안 했으면 좋겠어. 불쑥 찾아오지도 말고. 그래 줄 수 있어?"

어렵게 덧붙이자 현수가 숙였던 고개를 번쩍 들더니 나랑 재희를 한 번씩 노려봤다. 눈물이 맺혀 있지만 매서운 눈빛이라 뜨끔하고 말았다. 숨을 몇 번 몰아쉬던 현수는 대답 없이 돌아서 빠르게 어디론가 뛰어가 버렸다.

"하, 참 나."

짧은 침묵을 깨고 재희가 떨떠름하게 뒷머리를 긁적였다. 나는 창피하고 후련하고 불안이 뒤섞인 복잡한 기분을 느끼며 긴 한숨을 내쉬었다.

"너는 좀! 위험한 짓 좀 하지 마."

손바닥으로 등을 살짝 내려치며 타박하자 재희는 "아야야." 하고 엄살을 부렸다.

"가자. 집에."

밀려드는 피로에 잔뜩 가라앉은 목소리로 말하자 재희가 선선히 고개를 끄덕이며 따라왔다. 우리는 말없이 타박타박 걸었다. 고요한 가운데 간간이 철 부딪치는 소리가 났다. 부둣가는 파도 소리보다 배들이 바람에 흔들리며 끽끽거리는 소리가 더 잘 들렸다.

"곧 시합인데 뭐 챙길 건 없어?"

여러 겹으로 색이 번져 가는 하늘을 올려다보며 걷다 물었
다. 평소와 달리 시간이 좀 지나 어슴푸레 날이 밝아 오고 있
었다. 흐릿하지만 밝은 빛이 조금씩 퍼져서인지 느긋하게 걸
어도 조바심이 일지 않았다. 다만 간만에 누군가와 같이 느긋
하게 걸으려니 어색했다.

"없어."

재희는 무뚝뚝하게 대답했다. 다소 무안했지만 원래 그런
말투려니 하고 다시 물었다.

"몇 시부터 몇 시까지 하는데?"

"아침 8시부터…… 한 5시?"

"와, 엄청 오래 하네. 너는 언제 나오는데?"

"오게?"

"그런 덴 가족이 같이 가는 거 아니야? 큰 대회라며."

줄곧 심드렁하게 반응하던 재희가 멈칫했다. 뭔가 말하려
입을 달싹이다 이내 꾹 다물어 버렸다. 그러고는 길가에 떨어
진 돌멩이 하나를 줍더니 바다에 던졌다. 얕은 물가에다 던졌
다면 동그랗게 퍼지는 파문이라도 보였을 텐데, 깊은 바다는
그깟 돌멩이쯤 아무것도 아니라는 듯 금세 잔잔해졌다. 재희
는 그게 불만인지 돌멩이를 더 여러 개 주워 한꺼번에 내던졌
다. 엉뚱한 행동에 뭔가 싶었지만 그냥 기다렸다. '쟨 어릴 때

도 저랬지.' 하는 생각이 무의식적으로 떠올랐다. 성격이 급한
재희는 할 말을 바로 찾지 못할 때면 손을 가만두지 않았다.
뭘 쥐어뜯거나 자잘한 돌이라도 찾아 아무도 다치지 않을 곳
에 내뿌렸다. 그런 사소한 습관들이 여전하다는 게, 그게 여전
히 기억난다는 게 신기했다.

"뭐 하나 물어봐도 돼?"

한동안 딴짓을 하며 걷던 재희는 집에 거의 다다라서야 다
시 말문을 열었다.

"뭔데?"

"……아빠 어땠어? 같이 살기 괜찮은 사람이었어?"

맥락 없는 말이었지만 듣자마자 실소가 나왔다.

"그랬음 이러겠냐?"

공용 비밀번호를 누르다 말고 돌아보며 되묻자 재희가 속을
알 수 없는 얼굴로 나를 바라봤다. 엄마 아빠는 무책임한 사람
들이었다. 다 큰 어른이면서도 돌봄을 받고 싶어 했지 누군가
를 돌보고 싶어 하진 않았다. 엄마의 허황된 꿈에 붙들려 미국
으로 건너간 재희나, 아빠의 철없는 일생에 아슬아슬하게 매
달려 있던 나나, 우리가 선택하지 않은 것들로 인해 각자 결이
다른 고통을 안고 자라 온 시간을 헤아리자 깊숙이 속이 쓰렸
다. 엘리베이터를 타고 올라가는데 거울에 나와 전혀 닮지 않
은 것 같지만 또 조금은 닮은 것 같기도 한 얼굴이 비쳤다.

"외할머니가 오래 안 살아서 다행이야."

텅 빈 복도를 걸어가며 재희가 중얼거렸다. 혼잣말인 듯도, 부러 들으라고 하는 말인 듯도 했다. 맨 끝 방 문 앞에 다다라 내가 알려 준 비밀번호를 꾹꾹 힘주어 누르며 재희가 말을 이었다.

"난 언니랑 살게 돼서 좋아. 착하잖아. 소리도 안 지르고, 물건도 안 집어던지고."

"……."

"근데 있지, 아빠도 그런 사람이었을까 생각하면 가끔 화가 났어. 외할머니가 어떤 사람인지 알면서도 나를 거기 보냈느냐고 묻고 싶기도 했고."

철커덕. 도어 록 열리는 소리가 났다. 재희는 문이 닫히지 않게 잡은 채로 나를 돌아봤다. 나는 재희가 어떻게 자라 왔는지 몰랐고 내가 지금 어떤 표정을 짓고 있는지도 알 수 없었다.

"딸내미랑 이혼한 사위가 자기 장례식장에 온 줄 알면 얼굴에 침이라도 뱉었을 사람이지."

공항에서 쓸쓸하게 중얼거리며 여권을 만지작거리던 아빠의 모습이 떠올랐다. 10년 동안 자식 사진 한번 안 보내 주는 모진 사람이라고 혀를 차던 아빠는, 재희를 데려다 놓고 딱 세 번 집에 들어왔다. 그게 아빠의 한계였다. 재희가 항공권을 보내 주지 않았다면 평생 말로만 자식을 그리워했을 게 분명했다. 가족이란 대체 뭘까. 우리는 왜 하필 같은 핏줄로 묶여서 이렇게 닮은 모양으로 버둥거리고 있을까.

나는 재희가 잡아 준 문 안으로 들어섰다. 방 한쪽 구석에 초대받지 않은 손님처럼 덩그러니 놓인 재희의 짐이 보였다. 이름뿐인 가족 빼곤 아는 사람 하나 없이 이곳에 와 입학할 학교를 알아보고, 소속 없이 전국 대회를 준비하고. 재희는 뭐든 혼자 하는 게 익숙해 보였다. 나처럼.

"달력에 시합 날짜 동그라미 쳐 놔. 알바 빼려면 미리 말해야 되니까."

나는 동그마니 놓여 있는 짐들을 보다 한마디 툭 던지고 화장실로 들어갔다. 문을 잠그고 찬물을 튼 채 세면대에 얼굴을 처박았다. 고인 물이 흘러넘칠 때까지 그러고 있다 고개를 들었다. 코끝이 빨갛고 목덜미가 얼룩덜룩한 거울 속 내 모습이 익숙하면서도 낯설었다. 손톱을 바짝 세우고 가려운 곳을 쉴 새 없이 긁다 보면 가장 연약한 살이 가장 쓰라리게 벗겨졌다. 어쩌면 재희랑 나는 채 아물지 않은 아린 상처를 내버려두고 내내 서로 모른 척해 왔는지도 모르겠단 생각이 들었다.

나는 물을 틀어놓은 채로 문에 등을 기대고 주저앉았다. 젖은 얼굴과 머리칼에서 물방울이 뚝뚝 떨어졌다. 문득 현수와 헤어졌다는 실감이 났다. 현수가 막무가내로 다시 찾아오면 어쩌지? 우리는 앞으로 어떻게 될까? 다음 달엔 아빠에게 연락이 올까? 더는 월세를 미룰 수 없는데……. 이런저런 상념에 휩쓸리려는 순간 밖에서 문을 한번 툭 치는 소리가 났다.

"보일러 틀었으니까 따뜻한 물로 씻어. 감기 들어."

무심한 목소리엔 숨길 수 없는 염려가 묻어 있었다. 그걸 알아채자 픽 웃음이 났다. 나는 무릎을 짚고 다시 일어나 찬물을 끄고 따뜻한 물을 틀었다. 찰랑거리는 더운 물을 끼얹었다. 싸늘하던 욕실에 훈기가 돌았다. 앞으로의 일을 생각하면 여전히 캄캄했지만 그래도 걱정해 주는 사람이 있다는 게 썩 나쁘지 않았다. 문 하나를 사이에 두고도 아주 희미하게 우리가 연결되어 있다는 느낌이 들었다.

풍성한 거품을 내서 몸을 꼼꼼하게 씻었다. 향긋하고 보송보송한 상태가 되자 기분은 한결 나아졌지만 당장 쓰러져 잠들고 싶을 정도로 피곤했다. 대충 머리를 말리며 나가자 재희는 도장 갈 준비를 하고 있었다. 나는 침대에 풀썩 엎드렸다. 눈이 가물가물했다.

"시합 끝나면 짐 정리 좀 해. 언제까지 저래 놓을 순 없잖아."

나는 까라지는 목소리로 웅얼거렸다. 언제든 떠날 준비가 된 것처럼 거기 그렇게 두지 말라고 마저 말하고 싶었지만 눈꺼풀이 너무 무거웠다. 밤은 길어지고 낮이 짧아지는 계절이 다가오고 있어서일까. 밤낮이 바뀐 나에게 긴긴밤은 버거웠다.

"어, 갔다 올게."

붙임성이라곤 찾아볼 수 없이 간결한 인사가 재희다웠다. 부스럭거리는 소리가 나더니 이내 조심스럽게 현관문 닫는 소리가 들렸다. 둘이 있다 혼자가 되자 작은 집 안은 삽시간에 적막해졌다. 잠잠한 어둠 안에서 나는 내 숨소리를 들으며 뒤척였다. 팔다리가 무지근했다. 금방이라도 곯아떨어질 것 같았는데 막상 자려니 잠이 오지 않았다. 자야지. 자고 다시 일어나야지. 내일의 일은 내일 생각해야지. 너무 먼 미래를 그리려다 나가떨어지기보단 널브러져 있다가 비척비척 일어나는 편이 나을 것 같았다. 베개로 얼굴을 짓누르며 머리를 비우려 애쓰는데 느닷없이 전에 재희가 했던 말이 떠올랐다.

"링 위에 서면 아무 생각이 안 나. 3분, 3라운드. 끽해야 10분인데 그냥, 그 짧은 시간만큼은 내가 진짜 살아 있는 것 같아서 하는 거야."

매일 기를 쓰듯 운동하는 걸 보며 뭘 위해서 그렇게까지 하느냐고 묻자 재희는 머뭇거리지 않고 대답했다. 그러곤 시범을 보여 주겠다며 풋워크와 가드 올리는 법, 잽을 연이어 했다. 평소보다 들떠 보이던 모습이 우습기만 했는데 아까 현수 앞을 가로막으며 자연스럽게 자세를 낮추던 순간이 겹쳐지자 묘하게 맥박이 뛰었다. 나는 천천히 일어나 침대에서 내려왔다. 낮은 화장대 거울 앞에 서자 온통 붉은 자국투성이인 얼굴도, 팔다리도 비치지 않았다. 오직 두 맨발만 보였다.

맨손 줄넘기를 하듯 제자리에서 두어 번 뛰어 봤다. 양발을 어깨 넓이만큼 벌리고, 뒤꿈치 닿지 않게 조심하고, 체중을 골고루 분산해. 너무 높이 뛰려고 하지 말고 사뿐하게. 재희가 없는데도 재희의 목소리가 들리는 듯했다. 엄격하지만 꼼꼼하

게 알려 준다고 애들이 엄청 좋아한댔나. 야무진 동생을 뒀다
며 너털웃음을 터뜨리던 관장님의 말이 떠올라 피식 웃었다.
몇 번 뛰지도 않았는데 숨이 턱까지 차고 옆구리가 당겼다. 그
런데 이상했다. 쿵, 쿵, 심장 뛰는 소리가 커질수록 몸이 점점
가벼워지는 기분이었다. 살짝 굽힌 무릎의 반동으로 아주 잠
시 동안 발이 땅에서 떨어져 허공에 머물 때의 희한한 짜릿함
이 있었다. 언닌 좀 가벼워질 필요가 있다던 재희의 타박이 귓
가에서 울렸다. 고작 이 정도로 가벼워질 리가 없지만, 채 5분
도 채우지 못했는데 심장이 너무 빨리 뛰어 살아 있다는 감각
이 생경할 정도로 차올랐다.

나는 숨을 헐떡이다 다시 침대 위로 벌렁 누웠다. 다른 건
몰라도 내가 운동 부족이라는 사실만큼은 확실히 깨달을 수
있었다. 절로 앓는 소리가 나 끙끙거리다가 재희가 이 꼴을 보
면 뭐라 했을까 싶어 푸핫, 웃어 버렸다. 씻고 나온 게 무색하
게 땀이 비질 나고 안 쓰던 근육들이 놀라 욱신거렸지만 기분
이 나쁘지 않았다. 재희에게 방어 기술 몇 개쯤은 배워 놔도
괜찮겠단 생각이 들었다. 슬슬 눈이 감겼다. 바깥은 완연히 환
해졌겠지만 나의 밤은 지금부터였다. 어떻게 견뎌야 할지 알
수 없는 엇비슷한 날들이 또다시 이어지겠지만 그저 지금은
평온하게 잠들고 싶었다. 어떤 꿈도 끼어들 수 없길 바라며, 나
는 혼곤한 잠에 빠져들었다.

첫여름

정오의 빛은 뜨겁고 강렬했다. 체육복 바지를 정강이까지 말아 올리고 운동장을 천천히 걷다 보면 교복 칼라 깃 뒤로 조금씩 땀이 배어 나왔다. 나는 하복 셔츠 뒷자락을 펄럭거리며 제자리에서 방방 뛰었다. 평소보다 날이 더워서인지 잔뜩 흥분해서인지 등허리까지 땀이 고이는 것 같았다.

"정민 선배가 축제 같이 가재. 이거 데이튼가?"

나는 연오가 내 입 모양을 볼 수 있게 뒤로 걸으며 주먹을 불끈 쥐었다. 데이트. 아득하게 달콤한 그 단어를 발음하자 알 수 없는 힘이 마구 솟구쳤다. 평소와 다를 바 없는 교정의 풍경도 총천연색으로 빛나는 듯했다.

장난하냐? 우리 학교 애들 반은 갈 거다.

연오는 스마트폰 메모 앱에 빠르게 타자를 쳐 보여 주곤 픽 웃었다.

"또, 또. 호들갑 시작됐다, 한우주."

윤재도 못 말린다는 듯 고개를 내저었다.

"아, 진짜! 그중에 나랑 가는 거잖아. 그게 중요하지."

나는 왼손을 앞으로 내밀고 오른 손바닥을 왼뺨에 가볍게 댔다가 손등을 왼 손바닥 위에 내려놨다. 완전 '중요'하다는 걸 강조하기 위해서였다.

"피곤해서 갈 수는 있겠냐? 하필 체육 대회랑 축제랑 겹쳐서."

윤재는 생각만 해도 기가 빨린다는 듯 한숨을 내쉬었다.

"피곤한 게 문제냐?"

나는 윤재의 말을 가뿐히 무시하고 교문 앞에 서서 폴짝 뛰었다. 점심시간마다 우리끼리 치르는 일종의 의식이었다. 우리는 점심을 빨리 먹고 한참 운동장을 돌다가 종이 울릴 때가 가까워지면 교문 앞으로 향했다. 그리고 개구리들처럼 한 명씩 폴짝, 폴짝, 폴짝 한 발짝 교문 밖으로 뛰어 나갔다 들어왔다. 그렇게 하면 아주 잠깐이지만 교문을 나선다는 짜릿함이 있었다. 점심시간 후 밀려오는 졸음과 싸워 이길 만반의 준비를 하려는 것이기도 했다.

"근데 있지, 나…… 왁싱 할까?"

교실로 돌아오는 길에 열기로 붉어진 뺨을 문지르며 슬쩍 묻자 연오랑 윤재가 이마를 짚었다.

"정신 차려."

냉정한 윤재의 말에 쳇, 하고 고개를 돌리자 연오가 또 빠르게 뭔가를 써서 내 눈앞에 들이밀었다.

혼자 너무 앞서가는 거 아냐?

"그건 뭐, 그렇지."

수긍할 수밖에 없었다. 역시 연애 경험자는 달랐다. 연오는 중학생 때부터 건호 선배와 사귀어서 커플이 된 지 벌써 500일이 훌쩍 넘었다. 건호 선배는 유독 윤재를 경계했는데, 어느 날 윤재가 아무래도 자신은 무성애자인 것 같다고 진지하게 고백한 뒤로 딱 두 개를 물어보고 관심을 끊었다.

"넌 그럼 뭐…… 하고 싶거나 그런 적 없어?"

"딱히요."

"음…… 혼자서도 해 본 적 없고?"

"전혀요. 앞으로도 없을 것 같아요."

"어, 뭐, 그럴 수 있지."

그 떨떠름한 반응은 뭐냐고 연오가 구박하자 건호 선배는 짓쩍게 뒷머리를 긁적였다. 그러든 말든 윤재는 더 이상 성가신 질투의 대상으로 분류되지 않아서 만족하는 것 같았다.

교실 분위기는 제법 들떠 있었다. 체육 대회와 지역 축제가 겹친 건 올해가 처음이었다. 그동안 사회적 거리 두기 때문에 사람들이 모일 일이 없었는데, 전염병 경보가 해제되어 몇 년 만에 학교도 읍내도 기껍게 술렁거리고 있었다.

우리 학교는 읍내에 하나밖에 없는 고등학교라 중학교 때부터 같이 올라온 애들이 많았다. 어릴 때부터 친했던 몇몇 애들은 둥글게 둘러앉아 축제 때 뭘 할지 떠들었다. 오로지 체육 대회에만 신경이 쏠린 애들도 있었다. 연오는 짐벌 카메라를 들고 다니며 들썩이는 교실 안을 찍었다. 사물함 위에서 발을 까딱이고 있던 애들이 고개를 기울이며 손으로 브이 자를 만들어 흔들었다.

브이로그를 시작한 뒤로 연오는 틈만 나면 카메라를 꺼내 들었다. 연오의 시선은 한 군데에 머물지 않았다. 커터 칼로 그어진 책상을 찍거나 텅 빈 복도를 찍기도 했다. 계단만 보이면 무조건 두 칸씩 오르내리는 애의 실내화를 확대해 찍을 때도 있었다. 의미 없어 보이는 많은 것들이 화면 속에 담기면 특별해 보였다. 나는 연오가 찍은 장면을 골똘히 들여다보는 게 좋았다. 일부러 떡볶이를 얻어먹고 영상 편집을 해 주겠다고 나설 때도 있었다. 필요 없는 부분을 잘라 내고 음악을 추가하고 일일이 자막을 달며 연오가 보는 세상을 조금씩 엿보곤 했다.

"너는 좀, 세계를 새롭게 보는 눈을 갖고 있는 것 같아."

방송부 면접 때 선배가 했던 말이 떠올랐다. 왜 영상 편집을 하고 싶냐는 질문에 다듬어지지 않은 답을 떠듬떠듬 늘어놓던 나는, 그 말을 듣는 순간 공간이 편집되는 듯한 감각을 느꼈다. 멀찍이 앉아 있던 선배가 내 바로 코앞까지 바싹 다가온 것처럼 느껴졌다. 박진감을 줄 때 주로 쓰는 편집 기법이 밋밋한 내 삶의 긴장감까지 단번에 훅 끌어올린 느낌이었다. 나는 멍하니 선배를 바라봤다. 같은 영상이라도 어떻게 편집하느냐에 따라 완전히 다르게 보이는 게 좋다고, 다양한 각도로 영상을 상상할 수 있는 게 좋다고, 정돈되지 않은 말들을 두서없이 뱉어 내고 있었는데, 선배가 내 눈을 보자 모든 단어와 문장이 삽시간에 휘발되었다. 그 순간의 선배는 맥락 없이 단독으로 찍힌 피사체 같았다. 선배에게서 눈을 뗄 수 있는 방법을 알 수가 없었다.

다음 날 우리는 평소 등교 시간보다 훨씬 일찍 학교에 왔다. 칠판에 커다랗게 '즐겨라!' 하고 써 둔 게 보였다. 자석으로 붙여 둔 시간표 위엔 누가 빨간색으로 엑스 자를 쳐 놨다. 보라색 머리핀으로 앞머리를 넘긴 연오가 교탁 옆 콘센트에 고데기를 꽂아 두고 손짓했다. 연오는 짧은 내 머리칼을 정성껏 안으로 말아 주었다. 버섯 같다고 놀리는 윤재에게 주먹을 흔들어 보이고 거울 앞에 섰다. 체육복 반바지와 새로 맞춘 반티가 생각보다 잘 어울려 마음에 들었다. 한참 거울을 보며 이리저리 머리를 만지는 동안 애들이 한 명씩 들어왔다.

"야, 타투 할 사람 붙어!"

어떤 애가 볼펜을 치켜들고 소리 지르자 애들이 우우 몰려들었다. 초록색 반티를 맞춰 입어 다들 움직이는 새싹들 같았다.

"나 손가락에 하트 하나 할까? 너무 티 날까?"

연오에게 약지를 보여 주며 묻자 윤재가 옆에서 내 손가락을 턱 잡았다.

"티 나는 게 아니라 부담스럽지. 그냥 너 닮은 거 하나 해."

윤재는 내 손목을 끌어당기더니 안쪽에 웃고 있는 작은 버섯 하나를 그려 주었다. 어이가 없어 쳐다보자 연오가 옆에서 칵칵거리며 웃었다.

교내 체육 대회 개막식이 열렸다. 한마음 한뜻으로 과정을 즐겨 달라는 교장 선생님의 인사가 길어졌다. 띄워 둔 화면에 자막이 쉴 새 없이 흘렀다. 이리저리 몸을 비틀던 애들은 깃발이 올라가자 환호성을 질렀다. 연오도 입을 벙긋거리며 박수쳤다. 곧 반별로 입장을 시작했다. 강당이 꽉꽉 들어찼다. 2학년인 건호 선배가 저만치서 연오를 발견했는지 손을 마구 흔들었다. 나는 고개를 쭉 빼 들고 빠르게 2학년 3반 쪽을 두리번거렸다. 할 수만 있다면 카메라를 돌리듯 하이 앵글로 쫙 둘러보다가 선배만 클로즈업해서 찾아내고 싶었다. 기가 막히게 찬란한 빛이 선배의 머리 위로 쏟아진다면 좋을 텐데. 불행히도 그런 운명 같은 일은 일어나지 않았다. 내 시력이 문제인지 다른 걸 준비하러 자리를 비웠는지, 아무튼 보이지 않았다. 건호 선배가 바로 연오를 찾아내 손을 흔들던 모습이 떠올라 왠지 시무룩해졌다. 원래 방송부는 이런 날 제일 바쁘다고 윤재가 내 어깨를 토닥여 줬지만 별로 위로가 되지 않았다.

체육 대회의 열기는 뜨거웠다. 배구와 미션 달리기는 학년별로 진행했고 줄다리기와 이어달리기는 1, 2학년이 같이 했다. 고함 소리, 응원 소리, 호루라기 소리가 한데 섞여 요란했

다. 손부채를 부치는 애들과 휴대용 선풍기를 입에다 대고 와
와 장난을 치는 애들이 보였다. 나는 그 사이를 비집고 다니며
연신 2학년 자리만 힐끔거렸다. 경기가 진행될수록 함성이 커
졌지만 이상하게 나는 축 처졌다. 어디 있냐고, 뭐 하고 있냐
고, 혹시 다음 차례 때는 나오느냐고 문자라도 보내고 싶은데
좀 부담스러워 할 것 같았다. 별거 아닌 말들인데도 거기에 내
마음이 섞이자 무거워졌다. 축제 때 만나기로 하긴 했지만 아
직 아무 사이도 아닌데 싶었다. 아무 사이도 아닌 사이. 말장난
같은 말을 입안에서 굴려 보자 더욱 풀이 죽었다.

"야, 뭐 하고 다녀? 연오가 너 찾더라."

강당 계단에 아무렇게나 앉아 고개를 푹 숙이고 있는데 익
숙한 목소리가 들려왔다. 윤재는 목덜미를 물어 옮기는 어미
고양이처럼 내 반티를 뒤에서 잡아당겼다.

"아, 뭐야."

볼멘소리로 묻는데 연오가 다급히 달려와 막 뭐라고 했다.
흥분한 연오의 손이 빨라졌다. 옆으로 맨 가방에 달린 캐릭터
키링들이 짜랑거렸다. 오른 주먹의 손가락을 구부려 입으로
기울이는 동작을 봐서는 물 마시는 걸 말하는 손짓 같은데, 물
을 마시고 오겠다는 건지 물을 사다 달라는 건지 알 수가 없었
다. 무엇보다 물 마시는 게 뭐 그리 급한 일인가 싶었다.

"야, 천천히! 하나도 못 알아먹겠다."

내가 고개를 갸우뚱거리자 연오는 답답하다는 듯 가슴을 쳤

다. 그리고 휴대폰을 꺼내 빠르게 문자를 쳤다.

정민 선배 음수대에 있다고!

그 말에 정신이 번쩍 들었다. 나는 벌떡 일어나 윤재와 연오를 얼싸안고 방방 뛰었다. 옆에 있던 다른 애들이 누가 득점한 줄 알고 두리번거렸지만 아무 상관 없었다. 나의 신경은 온통 한곳으로 쏠려 있었으니까. 나는 애들에게 하이 파이브를 하고 단번에 음수대 쪽으로 달려갔다. 달리기 시합도 아닌데 전력 질주하는 꼴이 내심 우스웠지만 들뜬 기분을 어떻게 할 수 없었다. 으름나무 덩굴 터널을 지나 아름드리나무의 그늘이 드리운 곳까지 내달렸다. 거기, 선배가 있었다. 맹렬한 초록빛 때문인지 손을 씻고 있는 선배의 모습이 눈부셨다. 나는 내 눈에 필터가 단단히 씌었다는 걸 순순히 인정했다. 안 그럼 선배가 날 발견하고 짧게 손을 흔드는 모습이 이토록 명확한 초점으로 보일 리 없으니까. 일부러 배경 제거를 한 듯 선배만 또렷하게 보였다.

"웬일로 혼자야? 친구들은?"

선배가 내 뒤를 기웃거리며 물었다. 입이 바싹 말라 말이 바로 나오질 않았다. 침을 한 번 꿀꺽 삼키고 나서야 간신히 "강당에요." 하고 대답할 수 있었다. 멍청하게 단답형으로 대꾸하고 나자 짧은 침묵이 흘렀다. 평소처럼 대하려면 어떻게 해야 하는지 격하게 머리를 굴렸지만 머릿속이 온통 하얬다.

"그렇구나. 어…… 경기 나가는 거 있어?"

"줄넘기요!"

하. 이번엔 너무 빨랐다. 단체 줄넘기인데 혼자 줄넘기 묘기라도 보여 줄 것처럼 대뜸 말을 뱉어 버렸다. 입을 쥐어뜯고 싶었다. 윤재가 봤다면 꽃버섯이 됐다고 놀릴 만큼 얼굴이 새빨개진 게 느껴졌다.

"선배는요? 자리에 없는 것 같던데."

겨우겨우 되묻자 선배는 손목시계를 확인하며 고개를 주억거렸다.

"아, 영상 따는 거 좀 봐 주느라. 축제 끝나면 편집부가 바쁘겠다. 난 배드민턴 나가."

가 봐야 하는데 시간을 뺏고 있나 싶어 눈치를 살피자 정민 선배는 설핏 웃고는 "축제 갈 거지?" 하고 물었다.

"네! 저, 그 굴러가는 거 뭐더라? 아니, 뱅글뱅글 도는 거. 아 디스코 팡팡! 한 번도 안 타 봤거든요. 그거 타 보고 싶은데. 선배는 타 봤어요?"

나도 모르게 말이 빨라졌다. 무슨 말을 하고 있는지도 모른 채 횡설수설하는데 선배가 갑자기 내 손을 턱 잡았다. 숨이 왈칵 막혔다.

"타 봤지. 근데 이건 뭐야?"

선배가 가리킨 건 윤재가 그려 준 버섯이었다. 눈이 휘도록 웃고 있는 버섯.

"어…… 그거 저요."

멋쩍게 대답하며 슬금슬금 손을 뺐다. 선배는 아, 하며 얼른 손을 뗐다. 선배의 손자국이 그대로 남았다.

"누가 그려 줬어?"

"윤재가요. 아, 윤재가 누구냐면요……."

"알아. 너랑 같이 다니는 키 큰 애. 이따 같이 올 거지?"

마주친 선배의 눈이 부드럽게 휘었다. 방금 선배의 말이 해석이 필요한 말인지 아닌지 헷갈렸다. 일단 같이 가자던 말이 다 같이 가자는 의미였단 건 확실히 이해할 수 있었다.

어딘가 멍해진 채로 자리에 돌아오자 연오가 고개를 갸웃거리며 내 팔을 흔들었다. 뭐라도 얘기해 보라는 뜻인 걸 알았지만 선뜻 말이 나오질 않았다. 나는 대답 대신 힐끔 윤재를 쳐다봤다. 객관적으로 볼 때 윤재는 좀, 괜찮았다. 다른 애들과 비교해 봐도 꽤 멀끔하고 단정했다. 그렇지만 나도 괜찮은 걸! 불퉁한 마음에 입을 쭉 내밀자 연오가 옆에서 내 볼을 찔렀다.

"나 레이더 고장인가? 아닌데. 분명 촉이 왔는데."

그새 올이 풀린 반티 실밥을 쭉쭉 늘이며 중얼거렸다.

"촉? 그런 게 어디 있냐. 물어봐야 알지."

윤재가 말도 안 된다는 듯 고개를 저으며 운동화 끈을 묶었다. 나는 그런 윤재의 등을 세지 않게 한 번 팡 내려치곤 조르기 시작했다.

"축제 같이 가자. 맛있는 거 사 줄게."

"내가 거길 왜 가? 데이트한다며."

윤재가 기겁하며 몸을 사렸다.

"데이트인가? 그랬지! 아, 몰라. 너도 같이 갈 거라고 했단 말이야."

무작정 징징거리자 윤재는 난감하다는 듯 딴 데를 봤다.

"나 짜증 나냐?"

욕을 섞어 묻자 연오가 대신 고개를 끄덕였다. 나는 "흐어어." 하며 난간을 붙잡고 몸을 앞뒤로 흔들었다. 그러자 연오가 내 팔을 슥 쳤다. 손가락 두 개를 동그랗게 만들어 안경처럼 눈에 댔다가 뗐다. 됐고 경기나 보란 뜻이었다. 배드민턴 채를 든 정민 선배가 나오고 있었다.

"헙. 금방 나 본 것 같지 않아? 눈 마주친 것 같은데."

"얘 심각하다."

흥분을 감추지 못하고 동동거리자 윤재는 더 말할 힘도 없다는 듯 연오랑 필담만 나눴다. 나는 후다닥 휴대폰을 꺼내 동영상 모드를 켜고 선배의 시합 장면을 찍었다. 한순간이라도 놓칠까 봐 서둘러 화면을 확대했다. 선배는 무릎을 살짝 굽히고 상체를 숙였다. 많이 연습했는지 준비 자세가 자연스러웠다.

본격적으로 랠리가 시작되자 여기저기서 탄성이 터져 나왔다. 셔틀콕이 네트 위를 빠르게 오갔다. 나는 선배가 매끄러운 활 모양 자세로 힘차게 스윙하는 모습을 홀린 듯 바라봤다. 왜일까. 가볍게 위로 솟았다가 튕겨져 날아가는 셔틀콕을 보고 있자 괜스레 마음이 수런거렸다. 빠르게 날아올랐다가 공기의 저항을 받고 급속도로 느려지는 셔틀콕의 궤도를 따라, 데이트 신청인 줄 알고 혼자 들떴다가 가라앉은 내 모습이 그려졌다.

뭐야. 안 찍어?

맥없이 휴대폰을 내리자 연오가 의아하다는 듯 물었다.

"팔 아파서."

나는 대충 팔 두드리는 시늉을 하며 고개를 떨궜다. 이렇게 감정이 널뛴 건 언제부터일까. 선배에게 디스코 팡팡을 타 보고 싶다고 얘기하긴 했지만 이런 상태면 딱히 탈 필요도 없을 것 같았다. 이미 진작부터 놀이기구에 탑승한 듯이 거세게 뒤흔들리고 있었으니까.

"마음도 저렇게 주고받아야 의미가 있는 걸까?"

나도 모르게 중얼거린 말을 들었는지 윤재가 힐끗거렸다. 나는 내가 혼자 모은 힌트의 조각들을 다시금 그러모아 봤다. 선배가 빌려준 책들이 가장 먼저 떠올랐다.

"빌려줄까? 책."

영상 편집을 더 잘하고 싶은데 뭐부터 해야 할지 막막하다고 하자 선배는 책을 여러 권 갖다줬다. 『가장 쉬운 영상 편집』처럼 직접적으로 관련된 책도 있었고 뭔지 모를 시집이나 소설도 있었다.

"뭐 끄적거려도 돼. 접어도 되고. 막 읽어. 돌려주기만 해."

그때 선배가 건네준 건 책이 아니라 선배의 세상 같았다. 선배가 보는 세상. 선배가 그리는 세상. 『어떤 존재』라는 제목의 책을 펼쳤을 때 제일 먼저 보인 건 무지개 모양의 책갈피였다. 여섯 개의 색깔로만 이루어진 그 무지개를 나는 한참 만지작 거렸다.

『디자이너 실무 영상 편집』부터 『한여름 손잡기』까지. 선배 가 빌려준 책들의 분야는 다양했다. 나는 그것들을 닥치는 대 로 읽었다. 선배가 접어 둔 모서리와 색연필로 그어 둔 밑줄 과 휘갈겨 쓴 문장들을 유심히 보며 두고두고 곱씹었다. 다양 성에 관한 그림책과 성 정체성을 다룬 그래픽 노블을 읽었을 땐 웃기게도 탄식이 나왔다. 지금껏 이런 세계가 있는 줄 모르 고 살았다는 게 아까웠다. 내 안에 있는지도 몰랐던 빈칸들이 빼곡하게 채워지는 감각이 느껴웠다. 낯선 언어를 새로 얻은 것 같았다. 그게 무던히도 기뻐 선배의 이름을 마음속으로 자 꾸 불렀다. 우연히 마주친 복도에서, 도서실에서, 둘만 있던 방 송실에서……. 선배가 툭툭 뱉던, 별거 아닌 듯하지만 날 달뜨 게 했던 말들이 차례로 떠올랐다. 그러나 그 모든 말들이 지워 지고 윤재도 같이 오느냐고 확인하던 말만이 오롯이 귓가에서 맴돌았다.

모든 짝사랑은 어차피 이뤄지거나 이뤄지지 않거나 반반 확 률이었지만, 조금이라도 희망이 있는 것과 아예 가망이 없는 건 얘기가 달랐다. 앨라이. 헤테로. 바이. 야금야금 주워들었던 용어들이 조각조각 나 머릿속을 휘저었다. 모든 게 엉망진창 이었다.

"의미가 그렇게 중요해? 뭐, 찾아내기 나름 아닌가?"

대답을 바라고 한 말은 아니었는데 흘려들을 수 없었는지 윤재가 어깨를 한번 으쓱하며 말했다. 다들 맹목적으로 떠들어 대는 사랑, 연애, 첫 경험 얘기들이 지긋지긋하다던 윤재의 말이 떠올랐다. 그런 걸 원하지 않는 자신이 비정상처럼 느껴지고 '나는 사랑을 할 수 없는 메마르고 이기적인 사람인가' 하는 근본적인 고민이 든다고 했다. 그렇지만 작은 혼잣말도 흘려듣지 않는 윤재가, 마음은 마음 자체로 의미가 있다고 얘기해 주는 윤재가 실은 무척 다정한 사람임을 나는 알고 있었다.

"나 차이면 위로해 줄 거야?"

힘없이 묻자 윤재와 연오가 번갈아 가며 내 등을 쳤다.

"위로로 되겠냐? 마라탕 먹으러 가자. 제일 매운 맛."

눈물 쏙 빼고 오게 해 줄게.

실없는 말을 주고받자 기분이 좀 나아졌다. 그때 환호가 터졌다. 잠깐 눈을 뗀 사이 선배가 높이 떠오른 셔틀콕을 상대 코트 쪽으로 직각에 가깝게 내리꽂은 것이다. 공격적이고 화려해 배드민턴 기술의 꽃으로 불리는 스매시였다. 고작 5그램 정도밖에 안 되는 공이 빠른 속도로 바닥에 튕겨졌다. 아무리 민첩해도 그 찰나를 막을 순 없을 것 같았다. 내가 선배에게 반하는 걸 막을 수 없었던 것처럼.

어느새 모든 경기가 끝났다. 폐회식을 마치자 진이 쏙 빠졌다. 피곤해서 축제에 갈 수 있겠냐던 윤재의 말이 괜한 게 아

146

니었다. 꼭 불꽃놀이를 보러 가겠다며 의지를 불태우던 애들도 시들시들 고개를 내저었다. 나는 초조하게 휴대폰을 계속 확인했다. 다음에 보자는 문자가 와 있을까 봐 은근히 애가 탔다. 쉬었다가 이따 보자는 연락을 받고 나서야 숨을 크게 내쉴 수 있었다.

해가 질 때쯤이 되자 하늘의 빛깔이 다채롭게 물들었다. 저녁 7시만 넘으면 적막해지던 읍내가 간만에 북적거렸다. 길게 늘어선 행사장 천막마다 불이 반짝였다. 떠들썩한 노랫소리와 재잘거림이 끊이지 않았다. 일상에서 비껴 난 자리마다 다디단 웃음이 번졌다. 우리가 만나기로 한 인공 섬 앞은 복잡했지만 나는 헤매지 않았다. 선배가 기다리는 곳까지 단숨에 뛰어갈 수 있었다. 사람들에 밀려 바짝 붙어 선 선배에게선 희미한 땀 냄새가 났다. 씻고 돌아서도 금세 후덥지근한 열기가 몰려드는 계절이었다. 우리는 달짝지근한 음료수를 하나씩 사 들고 나란히 걸었다.

"아, 윤재는 피곤해서 도저히 못 오겠대요."

"그래?"

변명처럼 들리지 않길 바라며 넌지시 말을 흘리자 선배는 대수롭지 않게 대꾸했다. 걱정과 달리 그다지 실망하지 않는 기색이었다. 나는 슬그머니 용기를 내 쭈뼛쭈뼛 말했다.

"아까…… 경기할 때 되게 멋졌어요."

"아까만?"

선배가 어물쩍 묻고는 콧등을 긁으며 순하게 웃었다. 머쓱해하는 모습에 나도 모르게 푸핫, 웃고 말았다. 거리낄 것 없이 웃고 나니 그제야 내가 내내 긴장해 있었음을 깨달을 수 있었다. 왜인지 선배도 학교에서와 달리 좀 쑥스러워하는 눈치였다. 숱 적은 앞머리를 괜히 만지작거리거나 다 마신 주스를 홀짝이는 척하는 모습을 보고 알 수 있었다. 둘 다 마냥 편하지만은 않다는 걸 깨닫자 어쩐지 도리어 가벼워졌다. 나 혼자만 과하게 의식하고 있는 상황보단 나은 것 같았다.

"아, 선배, 혹시 저것도 해 봤어요?"

한결 가든가든해져 조잘거리다가 아이들이 모여 있는 수조 쪽을 가리켰다. 물고기 잡기 체험장이 있는 데였다. 바가지 하나랑 뜰채 하나를 들고 왔다 갔다 하는 애들이 보였다. 투명한 비닐에 담긴 금붕어를 들고 우쭐거리는 애들도 있었다.

"음, 아니. 구경만 해 봤어. 너는?"

"딱 한 번 해 봤어요. 열 살 때였는데 아무리 해도 절대 잡히지 않는 거예요. 5천 원쯤 쓰고 나니까 엄마가 더는 안 된다고 가자더라고요."

벌써 7년이나 흘렀는데 그날의 기억이 생생했다. 다른 애들은 몇 마리씩 잡았다 도로 놓아주기까지 하는데 나는 한 마리도 못 잡아 울상이 되었다.

"너무 속상해서 막 울었거든요? 근데 불쌍해 보였는지 옆에 있던 애가 한 마리 주더라고요."

"물고기를? 그냥?"

"네. 할아버지랑 둘이 온 애였는데 엄청 멋있게 '잘 키워!' 하더니 갔어요. 아마 걘 기억 못 할 텐데 전 아직도 엄청 고마워요. 아, 우리 '오래' 볼래요?"

나는 사진첩을 뒤져 '오래' 사진을 보여 줬다. 얼결에 얻어 온 귤색 금붕어는 무척 사랑스러웠다. 새로 산 어항에 여과기를 넣고 이름을 붙여 준 뒤 하루도 빠짐없이 매일 들여다봤다. 빨리 죽으면 어쩌나 마음을 졸였는데 다행히 아직 건강했다. 여유롭게 유영하는 사진들을 한 장씩 넘겨 보여 주다 보니 새삼 뿌듯했다.

"오래 살라고 이름도 '오래'라고 지었거든요. 여태 잘 살아 있어요. 대견하죠?"

괜스레 어깨가 으쓱해져 자랑하자 선배가 엄지를 추켜올렸다. 나중에 집에 놀러 오면 보여 주겠다는 약속까지 하자 콧노래가 절로 나왔다. 우리는 도란대며 놀이기구가 모여 있는 쪽으로 걸어갔다. 바다를 보며 높이까지 뛰어오를 수 있는 유로 번지대를 탈까 하다가 둘이 동시에 고개를 젓고 디스코 팡팡 표만 끊었다. 어린애들부터 어른까지 가릴 것 없이 모여 있는 줄은 퍽 길었다. 하지만 기다리는 시간이 하나도 지루하지 않았다. 간혹 말을 고를 때 선배는 음, 하고 낮은 소리를 냈는데 그냥 말할 때와 약간 다른 그 음색에 귀를 기울이는 순간이 참 좋았다.

"아, 가방 안 내려놔도 돼요? 그거 떨어질까 봐요."

나는 선배의 가방에 달랑거리는 흰 올빼미 인형 키링을 가리켰다. 고리가 끈으로 되어 있어 약간 불안해 보였다. 선배는 가방을 내려놓는 대신 인형을 뺐다.

"귀엽지? 만져 볼래?"

선배가 불쑥 인형을 내밀었다. 나는 두 손날을 딱 붙이고 받았다. 댕그란 눈의 올빼미는 야무져 보였다. 하얀 털이 복슬복슬했다.

"이거 왠지 그 올빼미 가방 생각나요. 그…… 그……."

제목이 가물가물해 고개를 갸울이자 선배는 바로 알아먹었다. 하지만 선배도 곧장 제목이 떠오르지 않는지 머리를 감쌌다. 우리는 한동안 끙끙거리다 동시에 외쳤다.

"『젠더퀴어』!"

서로를 가리키며 제목을 말하고 나자 웃음이 터졌다. 화려한 깃털 모양의 귀걸이를 하고 홀가분하게 웃고 있는 사람이 그려진 책이었다. 게을러 보이는 흰 올빼미 가방이 무척 탐났던 기억이 났다.

"맞아. 그거 보고 산 거야. 어떻게 알았지?"

선배가 내 손 위에 놓인 인형을 톡톡 건드렸다. 올빼미가 기우뚱거리자 손바닥이 간지러웠다. 전혀 다르게 생긴 올빼미를 보고 같은 책을 생각했다는 사실이 신기했다. 공유할 게 생긴 우리는 신이 나 떠들어 댔다.

"말 편하게 해. 솔직히 그냥 이름 불러도 되지, 뭐. 한 살 차
인데."

줄이 거의 줄었을 때 선배가 말했다. 타격 직전에 멈춰 흔드
는 드롭 기술처럼 획 들어온 말에 나는 흠칫했다. 끊김 현상이
생긴 것처럼 더듬거리고 있는데 마침 음악이 끝났다. 우리는
중간에 줄이 끊길까 봐 앞 사람 뒤에 바짝 붙었다. 뒤에 선 사
람도 마찬가지인지 자꾸만 등을 떠밀었다. 자칫 선배의 등에
얼굴이 파묻힐까 봐 숨을 꾹 참아야 했다. 자리를 잡고 나란히
앉자 시끄러운 음악 소리가 흘러나왔다.

"자아, 갑니다, 갑니다, 출발합니다."

장난스러운 DJ 아저씨의 말이 마이크를 타고 울렸다. '오,
오, 베이베' 하는 비트에 맞춰 빙빙 도는 속도가 점점 빨라졌
다. 다리가 이리저리 흔들리기 시작했다.

"내가 살살 할 것 같아요? 옆 사람 좀 잘 잡아 주세요. 재밌
게 태워 드릴게."

몇 바퀴 돌자 옆으로 엎어지거나 앞으로 쏠려 주저앉는 사
람이 생겨났다. 악 소리가 절로 났다. 온몸이 들썩거렸다. 선배
의 몸에 머리며 어깨가 닿아 부딪히는 걸 신경 쓰느라 혼이 빠
질 지경이었다. 의식적으로 거리를 두려 해도 소용없었다. 반
동 때문에 떨어질 뻔하자 선배가 내 팔목을 꽉 붙들었다.

"왜 다들 심각하게 타고 있어요? 웃어야지. 바지춤 잡지 말
고 손잡이 잡아요. 또 갑니다!"

흥을 돋우기 위해서인지 한 바퀴 돌 때마다 아저씨는 희한한 추임새를 넣었다. 사람들은 그때마다 자지러졌다.

"옆 사람이 힘들어하면 도와주고 챙겨 주고. 근데 거기, 너무 가까운데? 남자 둘이야, 여자 둘이야?"

몇 사람을 콕콕 짚어 놀려 대던 아저씨가 우리를 가리키며 물었다. 막바지에 이르렀는지 기구는 더욱 세게 흔들렸다. 모든 게 팽팽 돌았다.

"알아서 뭐 하게요!"

정신이 하나도 없어 악다구니 쓰듯 대꾸하자 선배가 허리를 숙여 웃었다. 들썩이는 진동이 고스란히 느껴졌다. 얼마 지나지 않아 끝도 없이 계속될 것 같던 음악이 끝났다. 기구에서 내려오자 울렁이던 느낌이 싹 사라지고 도리어 솜털이 일어섰다.

"한 번 더 타도 돼요?"

한껏 들썽거리며 묻자 선배는 나를 뚫어져라 쳐다봤다. 한 번 더 타겠단 건지 안 타겠다는 건지 알 수 없었다. 조르듯 올려다보자 선배가 갑자기 "아, 진짜!"하며 고개를 푹 숙였다. 그러곤 목덜미를 벅벅 문질렀다.

"타자. 근데 좀만 이따 타도 돼?"

마른세수를 여러 번 하던 선배가 나를 똑바로 보며 물었다. 얼떨결에 고개를 끄덕이자 선배는 슬며시 내 손가락을 얽어 잡아끌었다. 맞닿은 살갗에 자잘한 소름이 돋았다. 때맞춰 불꽃놀이의 기대감을 올리는 드론 쇼가 시작됐다. 밤하늘에 작은 꽃송이들이 피어나자 여기저기서 감탄이 들려왔다. 우리는 소란을 뒤로하고 사람이 적은 방파제 근처로 걸어갔다. 애써 귀를 기울이지 않아도 서로의 목소리가 들릴 만큼 주위가 잠잠해지자 선배가 우뚝 걸음을 멈췄다.

축제장과 멀어진 만큼 사방은 순식간에 캄캄해졌다. 화려하던 인공조명의 불빛 대신, 날벌레 떼가 몰려들어 어둑해진 가로등의 빛만이 은은하게 번졌다. 가만한 파도 소리가 들려왔다. 조용한 곳을 찾으려던 것 같은데 막상 사위가 고요해지자 선배는 더 당황한 듯 보였다. 매번 마땅한 말을 고르지 못해 절절매던 나처럼 쩔쩔매는 선배를 보자 조금씩, 아주 조금씩 심장이 쿵쾅대기 시작했다. 멀미가 날 것 같았다.

"있지, 사실 줄 게 있는데……."

뜸을 들이던 선배는 코끝을 긁었다. 하늘을 한 번 올려다보고 숨을 크게 들이쉬었다.

"아니, 너 갑작스러울 줄 아는데. 그러니까, 나는 그냥……. 아, 왜 이렇게 말이 안 나오냐."

주저하던 선배가 성큼 가까워졌다. 선배는 더 말을 잇는 대신 가장자리가 약간 젖어 있는 쪽지를 내밀었다. 나만큼이나 빨개진 얼굴로 서 있는 선배를 보자 걷잡을 수 없이 맥박이 빨라졌다.

"원래는 선물이랑 같이 주려고 했는데, 부담스러워할까 봐."

고르고 고르다 결국 가장 평범한 걸 집어 든 사람 특유의 민망함이 묻어나는 목소리였다. 나는 단정히 접힌 쪽지를 물끄러미 내려다봤다. 쪽지 모서리 부분을 쥔 손이 가늘게 떨리고 있었다.

"정민 언니."

머뭇거리다 선배의, 아니, 언니의 이름을 조심스럽게 불렀다. 온몸이 기분 좋게 두근두근 울렸다. 설레발 좀 치지 말라고 고개를 절레절레 젓는 연오와 윤재의 모습이 떠올랐지만 도저히 묻지 않고는 견딜 수가 없었다.

"이거 고백이에요?"

당돌한 내 질문에 말문이 막혔는지 정민 언니가 입만 벙긋거렸다. 그러다 결국 선선히 고개를 끄덕였다. 순간 나는 벅차다는 감정을 온전히 이해할 수 있었다. 그건, 내일이 기대된다는 뜻이었다. 나는 끌리듯 언니에게 다가가 짧게 입을 맞췄다. 마주 본 정민 언니가 손등으로 입술을 가리더니 환하게 웃었다. 우리는 이내 빈틈없이 가까워졌다. 고스란히 느껴지는 서로의 체온 때문일까. 머리가 아찔하게 어지러웠다. 동시에 더할 나위 없이 황홀했다. 눈부신 첫여름 밤이었다.

Freely in the closet

부고 문자를 받았을 때 나는 교회 담벼락 밑에 천을 깔고 있었다. 벽화 보양 작업을 위해서였다. 주말에 중고등부 벽화 그리기 봉사 활동을 진행하려면 밑 작업이 필요했다. 페인트가 바닥에 떨어져 엉망이 되지 않게 비닐과 천을 깔고 커버링 테이프를 붙였다. 여름의 초입이라 날이 제법 후덥지근했다.

"벽 상태가 괜찮네. 갈라진 데도 없고. 사포로 좀만 밀고 바로 하도 작업하면 되겠다."

돌돌이 테이프로 벽에 붙은 먼지를 꼼꼼하게 떼어 내며 현지가 말했다. 나는 대답하는 대신 쭈그리고 앉아 문자를 한참 들여다봤다.

―부고: 본인상. 류진욱.

"본인상이면…… 본인이 죽었다는 거야?"

나는 언뜻 이해가 되지 않아 현지를 올려다보며 물었다.

"뭐, 그렇겠지? 갑자기 왜? 부고 문자 왔어?"

"응. 류진욱이라는데. 누구지?"

"진욱? 그거 혜리 언니 본명 아니야? 어? 나도 왔네. 어떡해."

뒷주머니에서 휴대폰을 꺼내 살펴보던 현지가 하얗게 질려 털썩 주저앉았다. 나는 잠깐 멍해졌다. 류진욱이라는 사람이 죽었다. 류진욱은 혜리 언니의 본명이다. 혜리 언니라면……. 너울. 그러니까, 너울이 죽었다. 너울이, 죽었다. 그제야 손이 벌벌 떨리기 시작했다.

"왜. 아니, 갑자기 왜. 어쩌다."

말이 자꾸 조각나 제대로 이어지질 않았다. 입안이 바싹바싹 말랐다. 목구멍이 꽉 조여드는 것 같았다.

"……진유안, 너 장례식장 갈 거야?"

흙바닥에 쪼그려 앉아 무릎 사이에 얼굴을 묻고 있던 현지가 불쑥 물었다.

"몰라. 부고 문자 받으면 무조건 가야 하는 거 아닌가?"

"무조건은 아니지 않을까? 나 그런 데 안 가 봤는데. 교복 입고 가면 안 되지 않나?"

혼자 묻고 답하던 현지가 퍼뜩 생각났다는 듯 휴대폰으로 이것저것 검색했다.

"아, 교복에 정장 의미가 있어서 괜찮구나. 부조금도 해야 할 텐데. 문자에 적힌 계좌로 이체해도 되나 봐."

조문 복장, 조문 예절부터 부조금 평균 금액까지 순식간에 찾아 중얼중얼 말해 주던 현지가 어깨를 축 늘어뜨렸다.

"이런 거 찾고 있으니까 완전 심란하다. 야, 근데 넌 어차피 가 봐야 하는 거 아니야? 그래도 넌 혜리 언니랑 친하지 않았 어?"

넌 친하다. 그 말이 나를 좀 당혹스럽게 했다. '자기랑은 안 친했다는 말이야, 뭐야?' 하고 떨떠름하게 생각하다가 "그래 보였어?"라고 물었다. 현지가 당황하며 "아니이, 뭐. 그 언니는 너 이해해 주는 것 같았으니까……." 하고 말끝을 흐렸다.

이해. 아. 너울이 가끔 희미하게 웃으며 고개를 끄덕일 때 내가 느꼈던 감정이 '이해받았다'라는 거였나? 아까의 충격과 는 다른 맥락으로 좀 혼란스러웠다. 현지가 그렇게 말한 이유 를 알 것 같기도 모를 것 같기도 했다.

"아, 모르겠다. 나는 그냥 용돈 받은 거 보내야겠다."

현지는 불편한 기류를 못 견디겠다는 듯 도리질을 치곤 말 을 끝냈다. 혜리 언니의 갑작스러운 죽음을 그렇게 얼버무리고 우리는 하도 작업을 어떻게 마무리할지만 떠들다 헤어졌다.

그날 밤, 저녁밥을 먹으며 아빠는 병원 얘기를 꺼냈다. 다음 주에 대학 병원 예약을 잡아 놨으니 학교에 미리 허락받으라 는 말이었다.

"가기 싫다고 했잖아. 아, 여기 병원도 있는데 꼭 그렇게 멀 리까지 가야 해? 가서 할 말도 없다고."

"이 지역 병원은 안 돼. 소문나면 골치만 아프지. 그리고 할 말이 왜 없어? 네가 평소에 하는 희한한 짓들 읊기만 해도 알아서 약이랑 다 처방해 줄 거다."

아빠는 기도하느라 맞잡았던 손을 물수건으로 벅벅 문질러 닦았다.

"정신과가 무슨 만능이야? 정체성을 바꿔 주게?"

어이가 없어 들고 있던 숟가락을 내려놓으며 쏘아붙였다. 아빠는 듣기 싫다는 듯 밍밍한 된장국을 두어 술 건성으로 뜨며 대답했다.

"정체성은 무슨. 어디서 되도 않는 말을 주워듣고 와선. 아무튼 뭐가 됐든 계속 그렇게 사는 것보단 낫겠지."

성의 없는 그 말에 나는 뭐라 더 덧붙이지 못하고 입을 다물어 버렸다. 그렇게 사는 것. 아빠는 나를 구성하는 모든 요소들을 한마디로 일축해 버렸다. 그 말을 듣는 순간 온몸에 힘이 쭉 빠지며 다 지겨워졌다. 나는 밥을 한두 술 뜨다 말고 일어나 음식물 쓰레기 봉지에 치웠다.

"또, 또 버릇없이! 감사하는 마음으로 다 먹고 어른이 일어날 때까진 앉아 있어야지."

아빠는 이제 밥상머리 예절에 대해 일장 연설을 늘어놨다. 아빠는 매번 하나님께 맹세코 본인의 모든 말엔 절대 악의가 없고 오로지 진실한 걱정만이 담겨 있다고 주장하는데, 나는 그 걱정이란 것이 끔찍하게 싫었다.

"대체 뭐가 문제야. 넌 대체 뭐가 문제냐고!"

아빠의 말을 한 귀로 듣고 한 귀로 흘리며 미친 듯이 다리를 떨고 있으면 아빠는 꼭 그렇게 말했다. 그 문제를 털어놓으면 당장 해결해 줄 수 있다는 듯이. 문제만 알게 되면 모든 게 해결되는 것처럼. 문제가 아닌 게 문제라고, 나는 그렇게 생각했다. 하지만 쓸데없는 말을 더 섞기 싫어 다른 이야기를 꺼냈다.

"……아빠. 헤리 언니 죽었대요. 장례식장 다녀와도 돼요?"

슬그머니 눈치를 살피다 존댓말까지 써 가며 물은 건 부조금 때문이었다. 포토 카드랑 물감을 사느라 모아 놓은 돈이 없었다. 아빠는 갑작스러운 질문에 헛기침을 했다.

"크흠. 진욱이 오빠라고 불러야지. 그 집 부모가 얼마나 속상하겠냐. 기껏 멋진 이름 지어 줬더니. 그리고 뭐 좋은 데라고 어린애가 거길 가? 집에서 추모 기도나 하고 말아."

입맛이 떨어졌는지 아빠도 숟가락을 내려놓았다. 문득 엄마의 말이 떠올랐다.

"하여간 입 짧은 건 네 아빠랑 똑같지."

뭘 사 줘도 매번 젓가락으로 휘젓고만 있는 나를 보며 엄마는 눈썹을 찡그리며 웃었다. 나는 그 웃음이 의미하는 바를 알았다. 가끔 거울 속에서 엄마랑 똑같이 웃고 있는 나를 발견하곤 했으니까. 뭔가 더 말하고 싶은데 꾹 참을 때, 나는 항상 그렇게 웃었다. 엄마가 그런 표정으로 그런 말을 할 때면 나는 밥을 두 그릇이라도 꾸역꾸역 욱여넣고 싶어졌다.

"왜? 뭐 더 할 말 있어?"

잔에 담긴 물을 단번에 들이켜며 아빠가 물었다. 나는 내가 눈썹을 찡그리며 한쪽 입술만 올려 이상하게 웃고 있으리라는 걸 짐작할 수 있었다.

혜리 언니가 벽화 봉사단으로 우리 교회에 드나들기 시작했을 때가 떠올랐다.

"이상한 사람들이랑 어울리지 마라."

식사 기도를 하고 밥을 먹으며 아빠가 말했다.

"이상한 사람이라니?"

시치미를 떼고 물었다. 그러나 아빠가 가리키는 이상한 사람이 어떤 사람인지 나는 정확히 알고 있었다. 주민등록번호 뒷자리의 첫 번째 숫자가 분명하게 남성임을 증명하는데도, 머리를 기르고 치마를 즐겨 입고 옅은 화장을 공들여 하는 혜리 언니 같은 사람이겠지. 어차피 아빠의 기준에서는 나도 이상한 사람일 터였다. 교복 치마조차 입지 않겠다고 버티고, 머리는 바투 자르고, 화장실에 가야 할 때면 어디로 들어가야 할지 혼란스러워 몇 시간씩 참는 사람.

나는 빈 그릇을 개수대에 던지듯 내려놓았다. 귀에 거슬리는 요란한 소리가 났다. 아빠가 또 한마디 하기 전에 돌아서서 먼저 물었다.

"아빠, 나 죽으면 내 친구들한테 똑같이 말할 거야?"

"이놈의 자식이! 그게 아빠 앞에서 할 말이야?"

붉으락푸르락해진 아빠의 얼굴을 구경하는 건 조금도 즐겁지 않았다. 그저 슬펐다. 아빠는 나를 사랑한다고 했지만 아빠의 사랑에는 조건이 너무 많이 붙었다. 절대로 내가 충족시켜 줄 수 없는 조건들이. 그래서 나는 매번 그 사랑이 무슨 의미인지 도무지 알 수 없다는 생각이 들었다.

나는 말없이 돌아서 방으로 들어갔다. 쾅. 방문 닫히는 소리가 유독 크게 울렸다.

*

"진유안! 너 또 브래지어 안 했지? 중3인 녀석이 그 나이 되도록 속옷 하나 제대로 착용할 줄 몰라? 집에서 안 배웠어?"

담임선생님은 기다란 나무 봉으로 내 가슴께를 여러 번 밀었다.

"적당히 해. 성희롱으로 신고 들어가면 어쩌려고."

옆을 지나던 다른 선생님이 힐끗 보며 말을 얹었다.

"아니, 속옷 챙겨 입고 다니라는 게 잘못이에요? 노출증 환자도 아니고. 학생이 엇나가면 바로잡아 주는 게 선생의 도리죠!"

담임은 경찰서에 가게 되는 한이 있어도 이 문제는 절대 양보할 수 없다며 복도가 울릴 정도로 소리를 질러 댔다. 옷을 벗고 다닌 것도 아닌데 노출증이라니. 어이가 없었지만 나는 대충 고개를 끄덕였다. 도시 학교였다면 인권위에 신고라도 할 텐데. 이 좁아터진 동네에서 선생님을 신고한 학생으로 소문나 봤자 골치만 더 아플 게 뻔했다. 선생님도 그걸 아니까 매번 저러겠지. 나는 욕이 섞인 노래만 속으로 흥얼거리며 담임의 잔소리를 버텼다.

젖꼭지. 아, 지겨운 젖꼭지. 옷이 얇아지자 선생님들은 브래지어와 러닝을 더욱 강조했다. 그러나 나는 그런 속옷을 입는 것 자체가 싫었다. 가슴을 자꾸 의식하게 되니까. 가슴이 봉긋하게 올라올 때부터 나는 그 살덩어리를 어떻게든 쥐어뜯고 싶었다. 움직일 때마다 덜렁거리는 거추장스러운 것이 내 몸에 있다는 사실을 참을 수 없었다. 거울을 볼 때마다 다 깨 버리고 싶었다. 나는 내 몸이 싫었다. 할 수만 있다면 당장이라도 몸을 바꾸고 싶었다. 그런데 어떤 몸으로 바꿔도 딱 맞는 느낌이 들 것 같지 않았다. 다른 모양의 성기가 있는 내 몸을 상상해 보기도 했지만 그것도 썩 내키지가 않았다.

"넌 논바이너리인가 보네."

문득 유쾌한 웃음을 머금고 있던 너울의 말이 떠올랐다.

"논바…… 뭐요? 그게 뭔 말이에요?"

미심쩍은 듯 건너다보자 페인트를 정리하던 너울이 명랑하게 대꾸했다.

"논바이너리. 젠더 퀴어 말이야."

너울은 검색해 보라며 고개를 까딱였다. 수상한 게 뜰까 봐

찜찜했지만 내심 묘한 기대가 생겨 선선히 찾아봤다. 용어를 치자 여러 정보가 주르륵 나왔다. 나랑 비슷한 고민을 가진 사람들의 이야기도 꽤 많았다.

"이런 사람들이 진짜 있다고요?"

정신없이 글을 읽다 퍼뜩 고개를 들고 믿을 수 없다는 듯 묻자, 너울은 허리를 젖히며 웃었다. 네 나이대 애들은 어쩜 그렇게 반응이 한결같냐면서.

"그런 사람들이 있어. 당연히. 지금 당장 안 보인다고 없는 게 아니야."

너울은 내 콧잔등을 톡톡 두드렸다. 확신에 차 있던 그 말을 다시 한번 듣고 싶었다.

종례가 끝나고 담임이 나를 불렀다. 또 한번 노브라 문제로 말썽을 일으키면 보호자에게 연락하겠다고 강조했다. 학교에 오기 싫어 엄마를 소환할 아빠의 모습이 뻔히 그려졌다. 엄마는 죄송하다는 말만 반복할 것이다. 아무리 잘못한 게 없다고 생각해도, 결국 잘못했다고 할 수밖에 없었다. 교실에 남아서 반성문을 쓰고 있는데 문자가 몇 통 왔다. 모르는 번호로 온 문자였다.

―쌩쌩? 이거 네 번호 맞지?

―너울이 너한테 남긴 게 있어.

뜬금없이 무슨 쌩쌩 타령인가 했는데 이어지는 문자에 적힌 너울이란 이름을 보자 생각나는 게 있었다.

"나중에 기회 되면 퀴어 커뮤니티 같은 데 한번 가 봐. 여성 주의 커뮤니티도 좋고. 굳이 실명 말 안 하고 활동명 만들어서 어울려도 돼. 아, 만약에 활동명 짓는다면 뭘로 하고 싶어?"

"음…… 글쎄요. 살자?"

그즈음 매일 생각하고 있던 단어를 뒤집어 말하며 애매하게 웃자 너울은 말없이 고개를 끄덕였다. 뭔가 눈치챈 듯했지만 너울은 가볍게 말을 받았다.

"나쁘지 않네. 근데 살자야, 살자야 하고 부르면 어감이 좀……. 다른 건 없어?"

"딱히 생각나는 게 없는데."

"그럼 생생 어때? 어차피 사는 거 생생하게 진짜 살아 있는 것처럼 살아 보면 좋잖아."

"그게 뭐예요. 뜻은 좋은데 뭔가……."

유명한 인스턴트 우동 이름이 바로 떠올라서 풋 웃어 버렸다.

"차라리 쌩쌩이 낫겠네."

파하하 웃으며 덧붙이자 너울이 큰 손으로 내 머리칼을 흐트러뜨리며 따라 웃었다.

"오, 좋네. 쌩쌩! 오늘따라 더 쌩쌩해 보이는데?"

장난스럽던 그 목소리가 너무나 생생하게 들려오는 것 같았다. 나는 불현듯 뒤를 돌아봤다. 당연히 아무도 없었다. 너울의 장례는 2일장으로 치러졌다고 했다. 교회 벽화 봉사 활동 모임 사람들 몇이 다녀왔다는데, 다들 너무 말을 아껴 들은 게 별로 없었다. 어쨌든 쌩쌩이란 이름을 알고 있는 걸 봐선 너울과 아는 사이가 확실했다. 대뜸 반말을 써서 마음에 들지 않았지만 너울의 친구라면 나보다 나이가 많을 테니 봐 주기로 했다.

—뭔데요?

—달팽이.

바로 답장이 왔다. 너울이 죽으면서 내 앞으로 메모를 남겼는데 키우던 달팽이를 부탁한다는 내용이라고 했다. 어느 날 너울이 새끼손가락 마디만 한 달팽이들을 데려왔다고 호들갑을 떨던 기억이 났다. 교회 유치부 아이가 키우던 달팽이들이 새끼를 수십 마리 낳아 여기저기 나눠 주었다고 했다. '달이'랑 '팽이'라고 이름을 지었다고 해서 그렇게 성의 없는 이름은 너무하지 않냐고 툴툴거렸는데.

"이름을 제대로 붙여 주면 나중에 마음이 좀 힘들 것 같아서."

정이 들까 봐 임시로 맡은 개의 이름을 '개'라고 지은 소설 속 인물의 마음에 자기도 공감한다며 너울은 너스레를 떨었다. 과장스럽게 웃던 너울의 얼굴이 조금 쓸쓸해 보였던 것 같기도 하다.

'초록'이라고 소개한 그 사람은 퀴어 커뮤니티 모임이 자주 열린다는 카페의 주소를 알려 주었다. 거기에 오면 언제든 자신을 만날 수 있으니 조만간 들러 찾아가 달라고 부탁했다. 일단 알겠다고 하긴 했지만 난감하기 그지없었다. 주소를 찾아봤더니 여기서 고속버스를 타고 나가 지하철을 타고 시내버스까지 갈아타야 하는 곳이었다. 머릿속으로 거길 어떻게 찾아 갈지 계획을 세우는 중에도 눈은 자꾸 문자로 향했다. 너울이 죽으면서 메모를 남겼다는 문장을 거듭 읽었다. 속이 좀 울렁 거리려고 해서 책상에 머리를 대고 쿵, 쿵, 두어 번 찧었다.

뭐가 그렇게 간절한지 너울은 자주 기도를 했다. 십자가 목걸이를 꼭 쥐고 중얼거리듯 짧게 기도할 때도 잦았다. 나는 그냥 아빠 때문에 교회를 다녔지만, 너울은 아니었다.

"너울 교회 한 번도 안 빠진 거 아시죠? 찬송, 전도, 기도 다 열심히 한 것도 아시죠? 다 보고 계신다고 했으니까⋯⋯. 그러니까⋯⋯."

한참 엎드려 있던 나는 두 손을 꽉 맞잡고 읊조렸다. 진짜로 하나님이 있다면 보고만 있을 게 아니라 구해 줬어야 하는 거 아니냐고 따지지 못했다. 다만, 너울이 편안하기만을 바랐다.

"찐유! 우리 이번 주에 배경 도장 해야 되는 거 알지?"

그때 교실 뒷문이 열리더니 현지가 불쑥 들어왔다. 나는 뜨끈해진 눈가를 꾹 한 번 누르고 아무렇지 않게 대꾸했다.

"아직 안 갔어?"

"너 반성문 쓴다는데 치사하게 먼저 가겠냐? 너희 선생님 진짜 꽉 막혀 가지고. 으휴, 가만 좀 냅두지."

현지가 부르르 몸을 한 번 떨며 고개를 절레절레 저었다. 나는 대충 마무리한 반성문을 교탁 위에 올려 두고 뜸을 들였다. 온갖 잡생각이 들었지만 애써 지워 냈다. 초록에게 곧 가지러갈게요,라고 짤막한 답장을 보냈다.

"음, 나 이번 주는 안 될 것 같아. 어디 좀 가야 돼서."

"에이, 그럼 고등부 언니 오빠 들한테 하라 그래야겠다."

현지가 볼멘소리를 하며 주머니에서 젤리 봉지를 꺼냈다.

"응, 말 좀 해 줘. 근데 너 혹시 달팽이 키워 봤어?"

"뜬금없이 웬 달팽이?"

곰 모양 젤리를 골인 시키듯 입안에 연달아 넣던 현지가 되물었다.

"음…… 너울, 아니 혜리 언니가 키우던 달팽인데……."

"설마 그걸 네가 키우게? 미쳤냐?"

말이 끝나기도 전에 현지가 내 등짝을 짝 내리치며 소리를 질렀다. 아프게 내리친 것도 아닌데 얼굴이 확 달아올랐다.

"키우면 키우는 거지 왜 이렇게 난리야?"

"아, 쫌! 그렇잖아. 찝찝하지도 않냐?"

말하면서도 불편한지 현지는 다리를 떨어 댔다. 순식간에 다 비운 젤리 봉지를 구기며 진저리를 쳤다. 그 모습을 보자 괜히 울컥했다.

"넌 유품도 모르냐? 생각 없이. 그리고 살아 있는데 그럼 버려?"

눈을 흘기며 되묻자 현지가 어찌할 바를 모르고 어물댔다.

"아니, 그게 아니라……."

"나 만약에 죽으면 패드랑 에어팟이랑 보드랑 물감 세트랑

하여튼 비싼 거 다 장현지 너한테 남긴다고 유언 쓸 거야. 그거 네가 다 버려."

짜증을 숨기지 않고 사납게 쏘아붙이자 현지가 울상을 지었다.

"너 취소해, 얼른. 죽긴 왜 죽어."

징징거리는 현지를 내버려두고 가방을 챙겨 나왔다. 현지는 같이 가자며 뒤쫓아 왔다. 우리는 운동장을 가로질러 후문 쪽으로 나갔다. 쪼개 먹을 수 있는 아이스크림 하나를 사 반씩 나눠 먹으며 오르막길을 올랐다.

학교가 끝나고 학원 가기 전까지 시간이 뜨면 우리는 늘 야트막한 언덕 위 공원으로 향했다. 작은 그네랑 칠이 벗겨진 시소, 낡은 벤치 의자 몇 개가 놓인 그 공원에 올라서면 저 멀리 바다가 내다보였다. 울울하게 우거진 나무들 덕분에 바람이 선선했다.

나는 시소 맨 끝자리에 앉아 고개를 박고 달팽이 기르는 법을 찾아봤다. 먹이, 사육 통, 사육 환경 조성 등을 꼼꼼히 살펴보고 저장했다.

"무슨 달팽이일까? 백와 달팽이면 좋겠다."

"달팽이도 종류가 있어?"

엉덩이만 살짝 댄 채 발을 구르며 그네 타는 시늉을 하던 현지가 호기심이 이는지 다가왔다. 나는 찾아본 정보를 차근차근 설명해 줬다.

"백와는 외래종이고 명주 달팽이는 우리나라 달팽이래. 근데 수명 차이가 많이 나. 오래 살라는 뜻으로 돌상에 명주실 놔 주지 않나? 이름도 비슷한데 왜 1년밖에 못 사는 거야?"

짧게 살다 죽을까 봐 걱정이 된 나는 운동화 코끝으로 흙을 뒤채며 투덜거렸다.

"아, 1, 2주 만에 폐사하기도 한다네. 혜리 언니가 언제 데려왔다 그랬지?"

"몰라. 꽤 된 것 같은데. 데려오자마자 죽진 않겠지?"

이것저것 찾아보면 도움이 될 줄 알았는데 오히려 걱정만 늘었다.

"그럼 너 혜리 언니 집에 가서 달팽이 데려오는 거야?"

"아니. 누가 맡고 있대. 주소 받아 놨어."

"모르는 사람이야? 근데 간다고? 아, 어딘 줄 알고 주소만 보고 찾아가. ······같이 가 줄까?"

걱정이 되는지 꼬치꼬치 따져 묻던 현지가 우물거리며 물었다. 나는 잠깐 머뭇거렸다. 확실히 같이 가면 덜 불안할 것 같았다. 하지만······.

나는 현지를 힐끗 바라봤다. 삐치는 데 없이 하나로 잘 묶은 머리, 밑단 한 번 줄인 적 없는 단정한 교복, 화장기 없는 얼굴. 그 흔한 립글로스도 바르지 않고 다니는 현지는 학교에서 보기 드문 희귀종이었다. 재미없는 애. 애들은 현지를 그렇게 불렀다. 나도 비슷한 평을 받긴 했지만, 내가 별종 재미없는 애라면 현지는 완전 재미없는 애였다. 6년 동안 같은 초등학교와 같은 교회를 다니고 중학교도 같이 올라온 우리는 친했지만 서로 비슷한 구석이라곤 없었다. 퀴어 축제에 가 보고 싶다는 말에 그런 델 왜 가느냐고 펄쩍 뛰던 현지의 반응이 생각났다. 매니큐어 바르는 것조차 부모님께 일일이 허락을 받아야 하는 현지는 자기 기준으로 규범에서 벗어난다 싶으면 잘 받아들이지 못했다.

브래지어 안 했다고 혼내는 담임을 욕해 주고, 남자 화장실과 여자 화장실 중간에 서서 이를 악물고 있는 나를 기다려 주고, 미용실에 갈 때마다 짧아지는 내 머리를 보면서도 아무 말 하지 않고……. 현지는 최선을 다해 나를 '참아' 주었다. 은밀한 비밀처럼 남자애들 이야기를 좋알거리고, 여자끼리만 통하는 게 있다는 전혀 공감 가지 않는 농담을 하곤 하는 현지를 내가 참아 주는 것처럼.

"그냥 혼자 갔다 올게. 카페 같은 데서 보자고 했어."

망설이다 대답하자 현지는 뭔가 더 말하고 싶어 하는 눈치였다. 하지만 공개된 장소에서 본다는 말에 안심이 되었는지 이내 고개를 끄덕였다. 그곳이 성 정체성에 대한 고민을 가진 청소년들을 위해 한 달에 한 번 정기 모임을 갖는 곳이라곤 일부러 말하지 않았다. 현지가 또 불쑥 어떤 말을 얹기라도 한다면 감당할 수 없을 것 같았다. 내게는 너무나 중요한 걸 공유할 수 없는 사이도 친구라 할 수 있는지 모르겠지만 그래도,

그나마 있는 친구마저 잃고 싶진 않았다. 뾰족하게 쪼개져 내 안에서 이리저리 굴러다니는 단어들을 억지로 주워 삼키며 나는 멀리 바다를 내다봤다. 이제 막 여름으로 들어선 계절의 빛은 더없이 환하게 쏟아졌고 물결은 아무렇지 않게 반짝였다. 그게 좀 위안이 됐다.

약속한 토요일 아침 일찍 집을 나섰다. 하필 생리까지 터져 신경이 곤두섰다. 내가 아무리 끔찍하게 여겨도 몸은 착실하게 신호를 보내는 듯했다. 너는 이 몸을 벗어날 수 없다고. 버스를 타고 가는 동안 나는 내내 멍하니 창밖을 내다봤다. 스치듯 지나는 풍경들은 지나치게 비슷해 잔상조차 남기지 않았다. 할 수 있다면 나도 그런 존재가 되고 싶었다. 하지만…….멀미가 나는지 속이 메스꺼렸다. 유리창에 이마를 댔다.

"나도 네 나이 땐 모든 게 막막했어. 어디에도 내 자리가 없는 기분이었거든. 그 어떤 곳에도 영원히 속할 수 없을 것 같았어."

흰색 분필로 벽화 스케치를 하던 너울이 혼잣말처럼 중얼거리던 게 생각났다. 우리는 종종 같이 작업을 했다. 너울이 밑그림을 그리는 동안 나는 주로 페인트를 섞었다. 서로 다른 색을 비율에 맞춰 붓고 있으면 너울은 이런저런 얘기들을 늘어놓곤 했다.

"올해 안에는 꼭 태국에 갈 거야. 성별 확정 수술비를 모으고 있거든."

본인 입으로 밝히기 전까지는 표가 나지 않는 트랜스젠더
도 있겠지만 너울은 그렇지 않았다. 한껏 꾸몄지만 굵은 목소
리와 두툼하게 근육이 발달된 팔다리가 너무 눈에 띄었다. 교
회 사람들은 어정쩡한 눈빛을 주고받으며 수군거렸다. 너울은
그런 눈빛, 그런 목소리를 모른 척했다. 어떻게 그럴 수 있는지
묻자 "이제 나도 이를 데가 있거든." 하고 웃었다.

평일엔 열두 시간씩 일을 하고 주말엔 교회 봉사를 하고. 몸
을 그렇게 혹사하는데도 너울은 기뻐 보였다. 나는 그런 너울
의 활기가 좋았다. 세계에서 추방된 듯이 느껴지는 이 시간들
도 언젠간 지나가겠구나, 그럼 나도 너울처럼 소속감이란 걸
느껴 볼 수도 있겠구나. 그렇게 생각했던 것 같다. 그런데 너울
은 죽었다. 이제 이 세계에 없다. 그럼, 내가 느낀 건 다 뭐였을
까?

터미널에서 내려 지하철을 타고 한참을 갔다. 역에서 또 버
스를 타고 내려 걷고 또 걸었다. 지도상에 나온 거리보다 더
멀게 느껴졌다. 자주 와 보지 않은 낯선 도시였지만 나는 누가
나를 알아볼까 봐 고개를 푹 숙이고 사방을 두리번거렸다. 여
기엔 나를 아는 사람이 없어. 안심해도 돼. 몇 번이나 속삭였지
만 마음은 전혀 진정되지 않았다.

Freely in the closet

화살표 표시는 목적지 부근에서 멈췄다. 어두운 색의 나무
로 된 간판이 보였다. 벽장 안에서 자유롭게. 흘림체로 쓰인 글

씨는 단번에 시선을 사로잡았다. 하지만 그 의미가 언뜻 이해가 가지 않았다. 커밍아웃이 '벽장 속에서 나오다'라는 뜻이라던데. 벽장 안에서 나오지 말고 가만히 있으란 뜻인가? 괜스레 불퉁해져 속으로 투덜거렸다. 너울이랑 같이 왔다면 물어볼 수 있었을 텐데.

지하로 향하는 계단을 내려다보니 아찔했다. 한 걸음 내딛는 순간 세상과 분리되어 어디론가 빨려 들어갈 것만 같았다. 나는 곧장 들어가지 못하고 근방을 서성거렸다. 누군가를 기다리는 시늉을 하며 현지랑 쓸데없는 문자를 주고받았다. 그렇게 시간을 때우고 있는데 초록에게서 어디냐는 문자가 왔다. 재촉하는 뜻은 아니었겠지만 더 머뭇거리고 있을 수가 없었다. 신중하게 주위를 한 번 더 살핀 뒤 침을 꼴깍 삼키고 천천히 계단을 내려갔다. 카페 입구는 생각보다 크고 화려했다. 옆 모퉁이에 '모두를 위한 화장실'이라는 문구가 붙어 있었다. 내가 나일 수 있는, 누구나 안전하고 편리한, 모두와 공유하는. 특별할 거 하나 없는 문구들이 눈에 콱 박혔다. 나는 그 문장들을 몇 번이나 중얼거리다가 미적미적 안으로 들어섰다.

카페 안은 조금 어두웠다. 사람들의 얼굴을 자세히 들여다봐야 표정을 알아차릴 수 있는 정도였다. 은은한 주홍빛 조명과 꿀처럼 끈적이면서도 약간 요란한 음악 소리가 공간의 느낌을 색다르게 만드는 듯했다. 화장을 너무 두텁게 해서 원래의 얼굴이 그려지지 않는 드래그 퀸들 몇이 망사로 된 스타킹을 갖춰 입고 깔깔거리고 있었다. 깜짝 놀랄 만큼 튀는 복장의 사람들도 있긴 했지만 그렇다고 퇴폐적인 분위기는 아니었다. 대부분은 지나다니다 마주치면 돌아볼 일도 없을 만큼 평범하고 밋밋한 모습이었다.

여기저기를 휘둘러보고 있는데 짙은 잔디색 머리칼을 한 애가 다가왔다.

"네가 쌩쌩이야?"

"아, 그쪽이 초록이에요? 머리색이랑 이름이랑 맞췄나 보네요……."

어정쩡하고 이상한 대답을 하자 초록이 픽 웃었다. 반쯤 깎은 눈썹이 슬쩍 움직였다. 아직 완전한 여름은 아닌데도 초록은 배꼽이 다 드러나는 크롭 티와 짧은 반바지 차림이었다. 코와 입술에 한 피어싱이 눈에 띄었다. 현지가 봤다면 기겁을 했을 텐데. 같이 오지 않길 잘했다는 생각이 들었다.

"뭐 마실래? 미성년자 출입 가능한 데라 술은 안 팔아. 논알코올 모히토 어때?"

초록은 혼자 묻고 혼자 답한 뒤 음료를 내왔다. 여기에서 일하는지 바 안으로 들어갔다 나오는 모습이 자연스러웠다. 유리잔에 찰랑거리는 음료는 청량해 보였다. 맛도 괜찮았다. 달고 상큼하고 시원했다. 바짝 긴장해 있던 몸이 스르르 풀어졌다.

"너울한테 얘기 많이 들었어. 너 조색 끝내주게 잘한다며?"

초록은 이름처럼 목소리가 경쾌했다. 좀처럼 들어 본 적 없는 활기 띤 음성이 낯설었다.

"그냥 페인트 부어서 섞으면 끝인데요, 뭘."

나는 찬 기운에 물방울이 맺힌 유리잔을 손끝으로 문지르며 어색하게 대답했다. 쨍하고 선명한 색감을 기가 막히게 낸다고 너울이 칭찬해 줬을 때, 내심 뿌듯했던 기억이 났다. 너울이 그린 그림에 페인트칠하며 조곤조곤 이야기를 나누던 날들이 벌써 아득하게 느껴졌다.

"자. 얘네 생각보다 많이 먹더라. 똥도 많이 싸고. 쑥쑥 크는 거 보면 귀엽긴 해."

묻지 않은 말들을 쫑얼쫑얼 늘어놓던 초록이 자그마한 플라스틱 사육 통을 건넸다. 상추 잎 위에 올라가 있는 달이랑 팽이는 제법 컸다. 단단해 보이는 담갈색 껍데기와 연한 빛깔의 미끈거리는 몸을 보자 다시 난감해졌다.

"사실 달팽이는 한 번도 키워 본 적 없는데……."

말끝을 흐리다가 키우기 싫단 얘기로 들릴까 봐 입을 다물었다. 너울은 어째서 하필 나에게 맡기고 간 걸까. 도무지 이해가 되질 않았다. 언젠간 나한테 더 넓은 세상을 보여 주고 싶다고 해 놓고. 네 삶은 우리의 삶보다 분명 더 나을 거라고 장담해 놓고.

너울이 앞에 있다면 따지고 싶었다. 나한테 필요한 건 이렇게 커다랗고 느릿느릿한 달팽이가 아니라고. 나한테 필요했던 건, 그건……. 어쩐지 울컥해 씨근거리고 있자 초록이 달팽이가 든 통을 홱 자기 앞으로 끌어당겼다.

"정 못 하겠으면 가끔 와서 밥이나 주든가. 방학하면 수박 반 통 들고 한 번 더 와. 애네가 수박을 그렇게 잘 먹는데."

갑작스러운 얘기에 나는 당황해 말을 더듬었다.

"하지만, 저한테 남겼다고 했잖아요."

"뭐 부탁한다고 했지 꼭 키우라고 한 건 아니니까. 어쨌든 너한테 연락해 보라고 한 건 맞아. 죽은 사람 소원인데 들어줘야지 어쩌겠어?"

초록이 속 모를 웃음을 지으며 어깨를 으쓱했다.

"집이 멀어서…… 자주 못 와요."

태연한 초록의 말에 나는 입술을 잘근잘근 씹으며 간신히 대답했다. 여기 오기 전에 얼마나 많이 검색하고 얼마나 열심히 그 검색 기록을 지웠는지 설명할 수 없었다. 행여 아빠한테 들킬까 봐 전전긍긍했던 거나 현지한테 대충 핑계를 댔던 일이 떠올랐다. 나는 이곳이 궁금했고 이곳에서 다양한 사람들을 만나 보고 싶었지만 무서웠다. 내 세계라고 생각해 본 적은 없지만 그래도 내가 아슬아슬하게 발을 딛고 서 있던 데에서 벗어나 아예 다른 곳으로 향하게 되는 것 같았다.

"알아. 자주 안 와도 돼. 그냥…… 너울이 한번쯤은 너를 초대하고 싶다고 했거든. 같이 모임 하나 하면 좋겠다고."

초록은 달이랑 팽이가 들어 있는 통을 살며시 쓰다듬으며 말을 이었다.

"나로 사는 게 어째 쉽지가 않잖아. 그래도 혼자보단 여럿이 견디기 쉬우니까. 그렇지?"

인상과 다르게 다정하기 그지없는 초록의 말을 들으며 나는 주머니 속에 손을 넣었다. 언제나 들고 다니지만 한 번도 차 본 적은 없는 무지개색 실 팔찌를 꽉 쥐었다. 퀴어 퍼레이드 갔다가 네 생각 나서 샀다며 너울이 준 것이었다. 나는 다시 찬찬히 주위를 둘러봤다. 이곳에선 아무도 상대방의 눈치를 살피지 않았다. 배려가 없다는 말이 아니었다. 그저 자연스럽게 존재했다. 내가 어떤 모습으로 비칠지 매번 계산하지 않아도 될 것 같았다. 너울을 알기 전까지 나는 이런 공간이 있다는 걸 상상해 본 적도 없었다. 나는 이곳에, 너울과 함께 와 보고 싶었다.

"여럿이어도 견디기 쉽지 않으니까……. 그러니까 죽은 거 아니에요?"

나는 애꿎은 초록을 노려보며 따졌다. 그러나 순간 스친 초록의 표정을 보고 곧장 후회했다. 넌 친하지 않았냐는 현지의 말에도 망설였던 내가 할 말이 아니었다. 초록과 너울 사이에 어떤 시간이 있는지 짐작조차 못 하면서.

"죄송해요."

바로 사과하자 초록이 쓰게 웃었다.

"죽음엔 뭐, 여러 이유가 있겠지. ……답은 나도 모르지만 죽음으로만 걜 기억하는 건 별로인 것 같아. 난 단지 너울이

했던 말을 너한테 전하고 싶었어. 그게 다야."

차분한 초록의 대답을 끝으로 잠깐 침묵이 흘렀다. 반쯤 남아 있던 음료를 단숨에 들이켜고 일어난 초록이 만나서 반가웠다며 악수를 청했다. 나는 얼떨떨한 상태로 손을 내밀었다. 누군가와 정식으로 악수를 한 건 처음이었다. 몇 마디 말 대신 손을 맞잡았다 뗀 것뿐인데 어쩐지 어른이 된 기분이었다.

"부담 갖지 말고 내킬 때 와. 요 녀석들은 내가 잘 키워 볼 테니까."

개구지게 웃으며 초록이 손을 흔들었다. 뭐라 설명할 수 없는 감정들로 마음이 복잡했다. 나는 꾸벅 고개를 숙였다. 달팽이들을 데려가려면 짐이 없어야 할 것 같아 최대한 가볍게 왔는데. 빈손이 괜히 어색했다. 쭈뼛거리며 돌아서던 나는 맥연히 초록을 돌아보며 물었다.

"근데요, 여기 카페 이름은 무슨 뜻이에요?"

"아. 벽장 속에서도 자유롭게."

초록이 눈을 찡긋하며 답했다. 벽장 속에서. 벽장 속에서도. 한 글자 차이인데 미묘하게 어감이 달랐다. 후자는 어디서든 자유롭게,에 가까운 느낌이었다. 너울이라면 그 큰 손으로 내 머리를 흐트러뜨리며 "딱 널 위한 말이지?"하고 나지막하게 웃어 줬을 것 같았다.

다시 인사를 하고 카페에서 나와 계단을 올랐다. 내려올 땐 그렇게 까마득하던 계단이 올라갈 땐 금방이었다. 나는 손으로 차양을 만들어 이마에 대고 하늘을 올려다봤다. 어쩌면 너울이 있을지도 모르는 하늘은 계절에 맞게 맑고 푸르렀다. 꼭 물속처럼. 설핏 너울이 마지막으로 그렸던 그림이 떠올랐다. 남은 푸른색 페인트로 벽돌 하나에 슥 그린 물속 풍경이었다. 땀을 식히려고 앉아 있는 동안에도 그림을 그리느냐고 묻자 너울이 그러게, 하며 웃었다.

"있지, 얼마 전에 친구랑 수영장에 갔거든? 사람들이 다 나만 쳐다보더라. 그렇지만 물에 들어가니까 모든 것이 고요해졌어. 물안경을 끼고 헤엄치면서 보니까 일렁이는 빛들이 물결이랑 막 어우러지는 거야. 그게 너무 황홀하게 아름답더라고."

어룽거리는 아름다운 빛. 그걸 두고 너울은 왜 죽어 버렸을까.

너무 오래 햇빛을 쳐다봐서인지 두 눈이 참을 수 없이 따끔거렸다. 어쩐지 목 놓아 울고 싶은 기분이 들었다. 장례식에 갔다 올걸, 마지막 얼굴이라도 봐 둘걸, 하는 생각이 처음으로 들었다. 그때 전화가 울렸다. 현지였다.

"달팽이 데려왔어? 별일 없었지?"

전화를 받자마자 걱정 가득한 목소리로 현지가 물었다. 나는 물속에 갇힌 듯 뻐끔거렸다.

"여보세요? 진유안. 듣고 있어? 무슨 일 있어?"

현지가 다그쳤다. 소리가 저 멀리서 들려오는 것처럼 웅웅 울렸다. 나는 언제나처럼 나를 설명할 단어들을 찾지 못했고 나를 이해시킬 문장을 찾지 못했다. 하지만 나도 자유롭고 싶었다. 벽장 안에서든, 벽장 밖에서든. 간절했던 너울처럼.

"현지야, 있지, 나는……. 그냥 나로 있고 싶어. 나인 채로 충분하고 싶다고."

울먹임 끝에 나온 말은 형편없이 초라했다. 그러나 아무것도 아닌 문장이 아무렇지 않게 흩어진대도 나는 그 말을 하고 싶었다. 벽화를 그릴 때도, 밑 작업을 꼼꼼하게 하지 않으면 그 위에 아무것도 그릴 수가 없으니까. 현지는 대답이 없었다. 답을 바란 건 아니었으므로 나는 그대로 전화를 끊었다. 그리고 뒤를 돌아봤다. 단정한 나무 간판은 그 자리에 그대로 있었다. 한번 와 봤으니까 다음에는 두려움 없이 올 수 있을 것 같았다. 계단도 성큼성큼 내려갈 수 있을 것 같았다. 다른 세상 따윈 없다는 걸 이젠 아니까.

─수박 한 통 사서 또 올게요. 그땐 마중 나와 주세요. 무거우니까.

초록에게 문자를 보내고 돌아섰다. 걸음은 느리지만 성장 속도만큼은 무섭게 빠른 달팽이들을 보러 다시 이곳에 올 땐 완연한 여름이 되어 있겠지. 그땐 너울이 잠든 곳을 넌지시 물어보고 싶다. 봄의 빛보다는 뜨겁고 여름의 빛보다는 부드러운 환한 빛 속을, 나는 가볍게 걸었다.

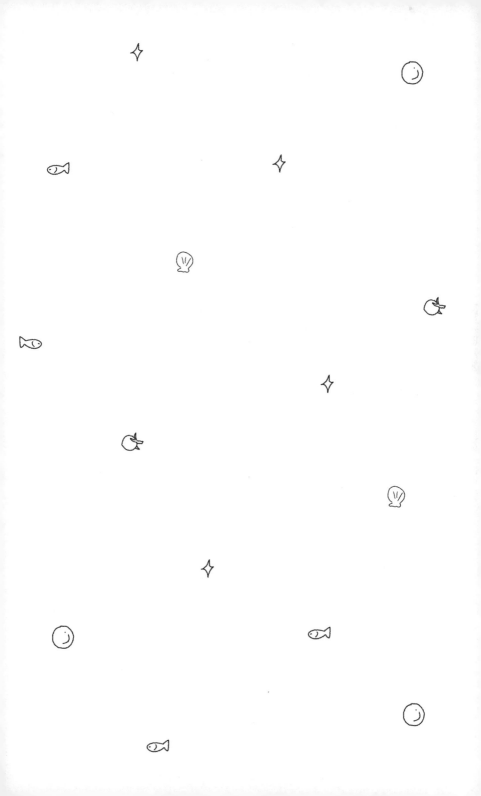

(작가의 말)

점점 나아질 거라고, 세상은 분명 달라질 거라고, 애틋한 믿음으로 함께 노래를 부르던 순간이 떠오릅니다. 지독히도 음치인 저를 기껍게 참아 주던 '아는 언니들'의 다정한 얼굴들도 선명하네요. 우리가 알던 것보다 더 넓은 세상이 있다고, 얼른 와 보라고 재촉하던 '민' 덕분에 이 여정을 시작할 수 있었습니다. 혼란스럽고 불안한 밤을 헤매고 있을지 모를 여러분에게 서툰 편지를 쓰는 일 말이에요.

꼬깃꼬깃 구겨진 종이를 펼쳐 아주 예쁜 무지갯빛 편지지에 옮겨 주신 돌베개 편집부에 감사합니다. 늘 더 나은 방향으로 나아갈 수 있도록 환한 빛을 힘껏 비춰 주셔서 마침표를 찍을 수 있었어요. 특히 정성껏 고른 언어로 언제나 더할 나위 없이 귀한 마음을 전해 주신 이하나 편집자님께 다시 한번 고개 숙여 감사드립니다. 벅찬 선물을 주신 김지은 선생님과 김영희 선생님께도 감사드려요. 덕분에 저만치서 서성이고 있는 누군가에게 주저 없이 이 편지를 쥐여 줄 수 있을 듯합니다.

마음을 전할 데가 마땅치 않아 감사 인사를 조금만 더 이어 하려 합니다. 어린 시절을 안온하게 지켜 준 친구들, 기꺼이 첫

독자가 되어 주는 '삐삐'와 씩씩하게 헤매는 법을 알려 주는 '글라글라', 각각의 아름다운 세계를 만들어 나가는 소중한 '글나라 그림나라' 분들과 '돌씨앗', 그리고 춘천교대 대학원에서 만난 귀한 인연들에게도 나지막이 감사를 전합니다.

언제나 든든한 가족들과 존재하는 것만으로도 더없이 큰 기쁨을 주는 우리 '밝은빛'에게도 사랑을 전해요.

살아 있자는 말을 인사말로 쓰고 싶지 않다,는 문장을 쓴 적이 있습니다. 누군가를 영영 잃을까 봐 두려워하는 마음이 저를 쓰는 사람의 자리로 이끌었다는 걸 알아요. 세계 안에 나를 구겨 넣는 일이 부대껴 닳아 사라지는 것 같다 느낄 때에도, 부디 살아 있으면 좋겠습니다. 살아서, 기어이 오는 환한 봄을 한껏 누리길 바랍니다. 무엇도 여러분을 훼손할 수 없음을, 오롯이 '나'로 존재하는 데에는 누구의 허락도 필요하지 않음을 기억하면 좋겠습니다.

실패와 실망을 두려워하지 말고 언제든 다음 플랜으로 훌쩍 넘어가 버리길 바라요. 그럼 이만, 종종 마주칠 수 있기를! 어디서든 말이에요.

유채꽃이 윤슬처럼 반짝이는 계절에
윤슬빛

이 소설집에서 불안한 세계를 안전하게 만드는 것은 우정이
며 청소년기의 불연속적인 성장에 면허를 부여할 수 있는 것
은 자기 자신에 대한 사랑이다. 오래 짓눌렸던 목화솜이 공기
를 품고 일어나는 것처럼 윤슬빛의 소설 속 인물들은 두텁게
숨을 쉰다. 그 맑은 호흡과 함께 냉혹한 차별의 언어가 산산이
부스러진다. 이만큼 소설 속의 타인을 믿어 본 적이 언제였나.
내일을 모르는 순정한 연대가 소설을 읽는 우리를 감싼다. 이
소설집의 온도가 36.5보다 살짝 높은 이유는 우리가 이미 평
등의 포옹을 하고 있기 때문이다.

단편소설 속의 청소년들은 서로 모르는 사이이지만 읽는 우
리는 그들을 한마을에서 만난다. 그 마을은 혐오의 중심에서
멀고 연대의 바다와 가까우며 애틋하게 친구의 귀갓길을 살피
는 가로등 같은 이들이 사는 곳이다. 읽다 보면 드문드문 견디
기 어려운 감정의 격랑이 밀려오는데 그것은 난폭한 세상이
책임질 일이다. 차별의 소나기 속에서도 두려움 없이 삶을 지
켜 내는 주인공들이 너무 고마워서 기프티콘을 보내 주고 싶었
다. 그들을 붙잡고 대롱대롱 매달려 있는 것은 바싹 건조되어

버린 폐기 직전의 납작한 세계다. 온화한 해풍처럼 불어오는 이 소설집의 질문들이 그 세계를 건강하게 살릴지도 모른다.

♣ 김지은(문학평론가)

『플랜B의 은유』 속 인물들은 사회적으로 '정상'이라 인정되는 삶에서 비켜서 있음에도 선택의 이유를 애써 설명하지 않는다. 눈물이 핑 도는 사연도 풀어내지 않는다. 타인에게 이유를 들어 자신의 존재와 지향을 설명하지 않아도 된다는 것, 납득하지 못하는 이의 마음을 움직이려 내밀한 경험을 꺼내 호소하지 않아도 된다는 것은 분명한 권력이다. 다수(多數)에 속하지 않는 이들에게만 자신을 설명해야 하는 책임이 주어진다. 한편을 향해서만 설명이 요구되는 관계는 부당하지만, 무례하고 순진한 "왜?"들은 공기처럼 만연하다. 작가는 소수자성을 지닌 인물들을 '설명하는 나'가 아니라 '존재하는 나'로 일으켜 세우며 이에 맞선다. 작품 속 인물들은 누구도 이유를 묻지도, 설명하지도 않는다. '이해받기 위한 노력'보다 '이해하기 위한 노력'을 요청한다. 주인공들은 자신을 변호하려 과거를 들출 필요가 없으므로 현재의 시간 위에 온전하고 산뜻하게 존재한다. 등장인물을 서럽게도, 억울하게도, 안타깝게도 만들지 않으며 "심각한 이야기"를 "노래 부르듯 이어" 가는 윤슬빛의 새로운 저항 방식에 오랫동안 눈길이 머문다.

♣ 김영희(전국국어교사모임 독서교육분과 물꼬방 교사)